妖樹の供物

プロローグ

「は、ぁうっ、あぁ……もういやだ、許して……許して、くださ……あぅうっ！　苦しい、抜いて、くれ、こんな……うあぁっ!!　やっ！　やめ……あああぁーっ!!」

暗い空間に、とぎれとぎれの悲鳴が反響する。まだ若い男の声だ。どれほどの時間、許しを請うて叫び続けたのか、かすれて弱々しい。

じめじめと湿気た土の上、全裸の青年がうつぶせに這《は》っていた。小柄な体はすでに成長期を脱しているようだが、涙に濡《ぬ》れた大きな眼《め》や、喘《あえ》ぎ声をこぼす口元に、まだあどけなさが残っている。顔だけ見れば高校生と間違えそうだ。

「あっ、あ……誰か、助け……」

高々と上げさせられた、小さな尻《しり》が揺れる。節くれ立った太い棒が、その後孔《こうこう》を貫いている。荒々しく抜き差しするたび、舌なめずりにも似た湿った音が鳴った。

それでいて、聞こえる息づかいは一つだけだ。他には誰もいない。

凌辱者《りょうじょくしゃ》は、一本の木だった。

二抱えほどもありそうな幹は醜くよじれ、ねじ曲がり、太い縄を縒《よ》り合わせたようだ。幹の上部は無数に枝分かれしている。長々と伸びた枝の一本が、捕らえた獲物を犯していた。松の根のようにごつごつして硬そうなのに、動きはなめらかだ。

枝というより蔓《つる》と呼んだ方が正しいのかもしれない。

普通の植物のような薄べったい葉はない。サボテンなどの多肉植物を思わせる、緑色の突起が、蔓のあちこちに丸く突き出しているだけだ。これがこの妖樹の葉らしい。突起の付け根に粘液の分泌機構があるのか、蔓全体がとろりと濡れ光っている。

空中には、草いきれに似て青臭《あおくさ》いような、甘ったるいようなにおいが満ちていた。

緑のイボだらけの蔓が、動き続ける。

「いや、だ……もう、やめてくれ……やめて、ください……」

何十度目なのかもわからない哀願が、口からこぼれた。

声ににじむ絶望感を愛《め》でるように、別の蔓が伸びてきた。唇のやわらかさを楽しむように、押したり撫《な》でたりしたあと、口の中へ侵入してくる。

「ん、んっ……」

嚙《か》み切る気力は残っていなかった。かといって、つかんで引き抜くこともできない。腕にも脚にもからみついた蔓が、彼を拘束し、自由を奪っている。

それればかりか、直径五ミリにも満たない細い蔓が何本も体にまとわりつき、乳首に巻きついたり、脇《わき》の下を撫でたり、性器から会陰部にかけての薄い皮膚をこすったりして、全身を弄《もてあそ》んでいた。

すでに性器は限界まで張りつめている。だが射精することはできない。細い蔓が巻きつき、根元を強く締め上げているせいだ。その状態で他の蔓に、もっとも敏感な先端を撫で回され、つつかれ、くすぐられている。気が狂わないのが、不思議なくらいだった。

「んうぅ！　ふ、ぅんっ……」

鈴口を蔓の先端でこねるように責められ、瞳《ひとみ》にまた新たな涙がにじんだ。快感のせいか、人外の異形に嬲《なぶ》られる嫌悪と恐怖のせいなのか、本人にもわからなかった。

口と尻を犯され、四肢を拘束されている今、自分の意志で動かせるのは視線だけだ。上を見た。

四角い穴が見える。そこからこの暗い地下室へと光が漏れてくる。

あの穴の上には、まだ何人もの男たちがいるのだろうか。今の自分の様子を見下ろしているのだろうか。だが助けを求めたところで無駄なのは、わかっている。

自分は彼らに誘拐されて、この地下室へ放り込まれたのだから。

（あの人も、いるのかな……？）

端整な面差しと、冬の海を思わせる暗い瞳が脳裏をよぎった。

（……他来《たき》、さん……）

最初に自分に向かって、ここに近づくなと警告してくれたのは、この木のことをよく知っていたからなのだろう。けれどその忠告も虚《むな》しく、自分は捕らわれてしまった。

(僕を、供物って言ってた……)

誰のものともわからない声が伝わってきた。

『体の力を抜け』

『舌を使え。飲み干せ』

『拒むな。すべてを受け入れるがいい』

男たちの声とは違う。耳にというより、脳に直接響いてくるような声だ。人間のものではないようだが、聞き覚えはある。

(これが……この声が、始まりだったんだ)

後孔を犯す太い蔓に揺さぶられつつ、青年――新田《にった》譲《ゆずる》は、ともすれば霞《かす》みそうになる意識の中で、どうしてこんなことになったのかを考えた。

第1章

「家電の似合わない家ですね……」

最新型の洗濯乾燥機を裏庭伝いに運び込みながら、譲は周囲を見回して呟《つぶや》いた。

天を突くようにそびえ立つ杉木立、幾棟も並んだ土蔵や納屋。増築を重ねたのか、母屋《おもや》の全体を見渡すことはとてもできない。瓦《かわら》屋根の列だけが累々と重なり合って見える。

この豪壮な屋敷が個人の住宅だというのが信じられない。民俗博物館とか、歴史資料館と言われた方が納得がいく。

「戦前……いや、江戸時代に来たみたいだ」

屋敷に着くまでは、田畑と山しかない景色に溜息《ためいき》をつき、車で一時間走っただけですごい田舎へ来たものだと思ったが、屋敷の中へ入ると今度は、距離ばかりか時間までも飛び越えてタイムスリップした気分になった。

地下鉄やバスの時間に追い立てられ、少し気を抜けばテレビやネットの情報に押し流され、ジャンクフードとサプリメントで体を支えて、携帯電話でかろうじて誰かとつながっている——そんな、めまぐるしくて雑駁《ざっぱく》なエネルギーに満ちた自分たちの日常とは、まったく異質な空気に包まれている。

一緒に洗濯乾燥機を運んでいる、遠藤孝二《えんどうこうじ》が苦笑した。

「まあな。江戸時代からの旧家なのは間違いないよ。表門や土蔵なんかは文化財指定になってるらしいし。……ったく、あの土蔵一棟でも並の建売住宅よりでかいもんな。こんな家に生まれてたら、あくせくバイトする必要のない、気楽な夏休みだっただろうけど」

声が小さいのは、先に立って自分たちを案内していく老人の耳をはばかってのことだろう。

譲は大学一年生、孝二は同じ工学部の三年生だった。

合格発表を一人で見にいった譲に、新入生を所属サークルへ勧誘するために来ていた孝二が、声をかけたのが始まりだ。もともとはフットサル同好会の会員を増やそうという下心だったのだろうが、勝手がわからずにまごまごしている譲を見かねたようだ。同じ学部の後輩と知って親近感が湧《わ》いたのかもしれない。他の新入生を勧誘するのをやめ、譲につき添って、入学の事務手続き一切を手伝ってくれた。

譲はフットサルについてほとんど知らなかったし、運動神経にも自信がなかったが、孝二の親切には感謝の念を覚えたので、マネージャーとして入会した。

自分が勧誘した後輩という意識があるのか、その後も孝二は親切だった。譲が住む部屋を探すのにつき合ってくれたのを皮切りに、講義のノートや資料を提供してくれたり、飲み会の時は酒に弱い譲が酔いつぶれないよう、無理に飲ませようとする先輩を止めてくれるなど、とにかく面倒見がいい。

夏休み、譲がなんの予定も立てていないと知って、『暑い中、マンションにいたって、エアコンで電気代がかかるだけだろ。涼しいところで金を稼ぐ方がいいんじゃん?』と、自分が以前からやっているという家電量販店のアルバイトに誘ってくれたのも、その一つだ。こうして配達に回ることも多く、最初の誘い文句のように涼しい場所でのアルバイトとはいかなかったが、それでも譲は孝二に感謝していた。

大学生にもなって情けないとは思うものの、生来の人見知りはなかなか改まらない。孝二が手を引っ張るようにして誘ってくれなければ、結局何をするでもなく、ワンルームマンションで飼っているハムスターを話し相手に、課題を片づけるだけの侘《わ》びしい夏休みになっただろう。

大学入学を機に、逃げるように故郷を出てきたのは、譲が家の中で孤立していたからだ。父の再婚した相手は勝気で、譲を陰気くさい子だと嫌った。好かれようとして家事の手伝いを申し出れば、見え透いた機嫌取りがいやらしいと言われ、明るくしようと笑ってみせれば何がおかしいかと罵《ののし》られた。自分の行動は裏目裏目に出た。父は義母と自分の間で板挟みになって、おろおろするばかりだった。

夏休みの初めに父から、盆に帰省するかという電話がかかってはきた。しかし譲がアルバイトを理由にして、帰らないと答えたところ、明らかにほっとした様子だった。自分が使っていた部屋は、すでに異母弟のものになったそうだし、帰る場所などありはしない。寂しい心地《ここち》で譲がそんなことを思い返した時だった。

『……来い』

どこからか、声が聞こえた。孝二でもなければ、前を歩く老人の声でもない。空耳かと思ったその瞬間、

『こちらへ、来い』

また聞こえた。

「はい？」

返事をして譲は周囲を見回した。だが裏庭に、自分と孝二、そして老人以外の姿は見えない。孝二が不思議そうな顔で自分を見る。

「どうした、譲？　何か言ったか？」

「今、誰かの声が……孝二さんじゃありませんよね？」

同好会に遠藤という姓の四年生がいるため、孝二は皆から名前で呼ばれている。それがうつって譲も、遠藤さんではなく孝二さんと呼ぶようになっていた。

「オレが、何を？」

きょとんとしている。やはり違うらしい。では前を歩いていく老人だろうかと思った時、当人が足を止めて振り返り、母屋の裏口を指さした。

「そこを入った土間が、洗濯場になっとる。古いのを持っていって、代わりにそれを据えつけてもらおう」

「はい、そのように伺ってます」

はきはきと返事をする孝二の声を聞きながら、譲は腑《ふ》に落ちない思いで首をひねった。老人の声はしわがれていて、さっき自分を呼んだものとはまるで違う。あれはいったい、誰だったのだろう。

が、ぼんやり考え事をしている暇はない。アルバイト中だ。

作務衣《さむえ》姿の老人は、譲たちを土間へ招き入れたあと、何か用があるのか、裏庭へ戻っていった。譲は孝二と顔を見合わせ、安堵《あんど》の笑みをかわした。むっつりして気難しそうな老人に監視されているよりは、二人だけで据えつけをする方がはるかに気が楽だ。

狭苦しい自分のワンルームマンションを思い浮かべ、譲は呟いた。

「雨の日でも、干す場所には困らない感じですけどね……やっぱり乾燥機つきの方がいいんでしょうか」

土間だけでも二十畳くらいありそうだ。東側の端には洗濯機をはじめとして、プラスチックバケツや、洗剤、柔軟剤などのボトルが載った棚、あるいは分別収集用のゴミ箱や、スチールの小型物置が置いてある。

ただし、現代の空気が多少なりとも感じられるのは、この一角だけだった。

反対側には、今は使われていないらしい古びたかまどや洗い場が残り、何が入っているのかわからない、大きな瓶《かめ》がいくつも置いてあったりして、いかにも時代がかった雰囲気だ。昔はここで調理や洗濯など、あらゆる水回りの仕事をしていたのだろう。水道栓や排水設備に改修のあとが見えるから、リフォームをして、台所はもっと便利な屋内へ移し、土間には洗濯場としての役割だけを残したのかもしれない。

土間に続くのは、磨き抜かれて黒光りする板の間だ。何枚も並んだ障子が閉まっているので、その奥がどうなっているのかは見えない。人の気配はまったく伝わってこなかった。

家人がいないと思ったせいか、孝二の口も軽くなったようだ。

「干す手間より、楽な方を選んだんじゃないか？　この屋敷を見たってわかるだろ。大金持ちで土地持ちで山持ちで……洗濯乾燥機の一台や二台、どうってことあるかよ」

「古い家なんでしょうね。名字からして、由緒ありげだし」

配達伝票のふりがな部分がかすれていたため、『真葛生《まくずふ》』という文字をどう読むのか、譲にはわからなかった。教えてくれたのは孝二だ。祖父の家がこの近くにあるため、真葛生家の噂《うわさ》も小さい頃からよく耳にしていたらしい。

「江戸時代からの大地主だとさ。豪農ってヤツ？　土地の賃貸料とか、持ち株会社の配当とか、そんなモンで、黙って座ってても金が入ってくるって。……オレの従姉《いとこ》が、この家の長男と中学、高校と一緒だったらしいんだけど。就職の必要がないから学歴もいらないってわけで、高校を卒業後はこの屋敷でぶらぶらしてるって話だ」

「へえ……そんなに金持ちなら、全部クリーニングに出す方が早いでしょうに」

「オレもそう思うけど、ほら、時々いるじゃん。貯《た》め込むほど金に細かくなるタイプ。おまけに他人を家に入れるのをいやがるとかで、出入りの御用聞きなんてのもいないらしい。……変わった家なのは確かだな」

ひそめた声で喋《しゃべ》りながらも、孝二はてきぱきと手を動かし、譲に手伝わせて、最新型の洗濯乾燥機を段ボール箱から出した。

「譲、細かい部品を出して取りつけといて。オレ、こっちの古いのをどけるから」

「はい」

言われたとおり、譲はホースや調節脚を箱の中から取り出した。孝二は古い洗濯機のコンセントやアースを外しにかかっている。

エアコンがない場所のわりには涼しい。土間が広くて二箇所に戸口があり、両方が開け放たれているので、風が通るせいだろうか。木が多いのに蟬《せみ》がいないらしく、あの暑苦しい鳴き声は聞こえてこない。葉擦《はず》れの音が耳に心地よかった。

きっと百年前も二百年前も、この屋敷は同じような夏を経てきたのに違いない。

(本当に、タイムスリップしたみたいな感じだな)

長い年月によるくすみが、建物に染みついているせいだろうか。

プラスチックとスチールでできた洗濯乾燥機が、やたらに浮いた存在に見える。家電だけではない。自分たちが着ている、黄色とオレンジの派手な作業服も、ライトブラウンにカラーリングした孝二の髪も――いや、そもそも外部から入ってきた自分たち二人の存在そのものが、この場所には似合わない。そんな気がした。

「……あれ？」

孝二が頓狂《とんきよう》な声を出した。古い洗濯機の給水ホースを取り外そうとしていたのが、手を止めて困惑顔になっている。

「うっわ。このネジ、つぶれてる……」

「どうしたんですか？」

「これ。普通のプラスドライバーじゃ取れない。おまけにこっちは曲がってるし」

孝二は、水道の蛇口とホースをつなぐ継ぎ手を指さした。水漏れしないよう四本のネジでしっかりと留めてあるのだが、入らないのを無理矢理ドライバーでこじたのか、ネジ山がつぶれてしまって、ドライバーが引っかからなくなっている。別のネジは曲がっていた。

持ってきた工具箱を開けたものの、期待した道具がなかったらしく、孝二が困ったように首を振った。

「譲。車から工具箱を取ってきてくれよ。大型の黒いヤツ。あれならいろいろ入ってるから、なんとかできると思う」

「わかりました」

譲は土間から裏庭へ出た。さっき通ってきた道筋を抜けて、店の軽トラックを停《と》めた場所へ向かおうと思った。しかし、

「えっと……こっちだっけ?」

とにかく、屋敷が広すぎる。土蔵の並んだ間を抜けて、右から来たのだったか、左だったか、わからなくなった。譲は足を止めて、裏庭を見回した。

また声が聞こえた。

『来い』

「あ……」

目の前に広がる景色が、薄暗く翳《かげ》った気がした。夏の午後、裏庭には明るい陽光が満ちていたはずなのに、フィルターをかけられたように、目に映るすべてのものが彩度を失った。

『こちらへ来い。早く。……来い』

誰のものともわからない声が、頭の中に響く。圧倒的な強さで譲を包む。頭から紗《しゃ》をかぶせられたようだ。他のことが、わからなくなる。何も考えられなくなる。

ふらりと、譲の足が動いた。

『そうだ。こちらへ……』

呼んでいる。自分を呼んでいる。

誰が、という疑問さえ、すでに頭から消えていた。導かれるまま、譲は土蔵と土蔵の間を抜け、奥へ歩き、竹垣についた枝折り戸を押し開けて進んだ。声はますます強く響いてくる。

『来い。……戸を開けて、中へ入れ……』

目の前に、観音開きの格子戸が見える。自分が今どこにいて、何をしようとしているのか自覚しないまま、譲は取っ手をつかんだ。

その瞬間だった。背後から声がかかった。

「誰だ？　どこから入った？」

荒っぽくはなかったが、代わりに、研ぎ澄ました剃刀《かみそり》を思わせる鋭さを持った声音だ。かぶせられた紗を取りのけられた心地がした。

五感が戻ってくる。

葉擦れの音が耳に飛び込んできた。夏の日差しのまぶしさが瞳を打つ。譲は自分が、古びた大きな祠《ほこら》の前に立っているのに気づいた。

（なんだろう？　僕は、なぜこんな場所に……？）

そう思ったのと、もう一度呼びかけられたのが同時だった。

「誰だと訊《き》いている」

慌てて振り向いた。数歩先に、和服を着流しにした長身の青年が立って、咎《とが》めるようにこちらを見据えていた。

（あ……）

冬の海だ、と思った。

そんな連想をしたのは、青年の瞳のせいだ。深く暗く、軽々しく近づけば鼓動が止まってしまいそうなほど、冷えきった色に見えた。けれどそれでいて何か哀《かな》しげな――。

「配達か何かか？　こんな奥へ入り込んで、何をしているんだ」

三度目に問いただされ、ようやく我に返った。譲はうろたえてあたりを見回した。深い木立や苔《こけ》に覆われた地面など、一見どこかの森の中のようだが、木の間を透かして、竹垣や茶室風の建物が見える。ここは屋敷の中だ。

どうやら自分は、知らないうちに奥庭へ迷い込んでしまったらしい。

「す、すみません！　洗濯乾燥機の配達に伺ったんですけど、工具を取りにいこうとしたら、広くて迷ってしまって……」

慌てて帽子を取り、お辞儀をした。

「ああ、電気屋か。そういえば、そんな話が出ていたな」

納得したような呟きにほっとして、譲は顔を上げた。

自分を咎めた口調と表情から見て、青年はおそらくこの屋敷の住人だろう。癖のない髪を首の後ろで束ね、単衣《ひとえ》の着流しに桐下駄《きりげた》をつっかけた姿が、時の流れから取り残されたような場所に似つかわしい。

まじまじと眺めてしまったのが気に障ったのか、青年がきつい口調で言った。

「洗濯場から、どうやったらこんな奥庭の端まで迷い込めるんだ？　つまらない言い訳はやめて。さっさと戻れ。……興味本位で人の家を覗《のぞ》こうとするんじゃない」

気が弱くて、普段はあまり他人の意見に逆らえない。しかしこの青年に覗き趣味の持ち主と誤解されるのは、なんとなくいやだった。譲は強く首を振って反論した。

「違います、本当に迷ったんです。誰かにこっちへ来いって呼ばれて、気がついたらここに来ていて……」

こうして実際に口に出してみると、自分でも空々しい言い訳だ。言葉は途中から力なく消えた。しかし釈明を聞いた途端に、青年は顔をこわばらせた。

「呼ばれた？」

「はい。ここへ来い、中へ入れって……あ。そういえば、さっきの声に似て……？」

あれがどんな声質だったかと問われると、高かったのか低かったのか、あるいは女性的に細かったのか、野太かったのか、はっきりとは説明できない。耳に残った記憶は、陽炎《かげろう》のように曖昧《あいまい》だ。それでいて、この青年の声に似ていたことだけはわかる。

青年が血相を変えて譲の手首をつかんだ。

「痛いっ……な、なんですか!?」

「早く帰れ！」

引きずるような勢いで、祠の前を離れ、木立の間を抜け、竹垣の方へと譲を連れていく。痩《や》せた体つきに似合わず、力が強い。奥まで迷い込んだのは失礼だったかもしれないが、こんなふうに追い出されるほど、悪いことをしたのだろうか。

「痛いですってば、放してください！　ちゃんと自分で歩きますから！　洗濯場へ戻る道順さえ、教えてもらえれば……」

「いいからもう帰るんだ！　今すぐこの屋敷を出ていけ!!」

「え？　でもまだ、取りつけの途中……」

「そんなものはどうでもいい！」

譲は当惑した。青年の顔にも声にも、切羽詰まった気配が漂っている。単に、他人に家の奥へ入り込まれて腹を立てたわけではなさそうだ。なぜこんなにも、自分を追い出したがるのだろう。

竹垣についた枝折り戸を押し開けながら、青年は譲を見下ろして叱責《しっせき》を重ねた。

「早くここを出て、二度とこの屋敷に近づくな！　今度来たら……」

その時、粘っこい笑いを含んだ声が聞こえた。

「……どうした。何を騒いでいる」

呼びかけられた青年がびくっと体を震わせ、動きを止める。譲は声の方を振り返った。

母屋の濡れ縁に、六十年輩の男が立って、じっとこちらを見ていた。

「その子がどうかしたか？　他来」

青年は他来という名前らしい。『その子』と言われてちょっととまどったが、初老の男から見れば、自分はまだまだ子供なのだろう。

他来が口を開いた。

「ただの電器屋です。今時珍しい建物に好奇心を起こして、家の中を覗きたくなったようです。奥庭へ入り込んでいたので追い出そうと……」

「違います！」

覗き魔に近い言い方をされて、譲は慌てた。アルバイト先の家電量販店に『お前のところの作業員は覗き趣味があって、家の奥へ入り込んだ』などと言われたら、間違いなくクビになる。紹介してくれた孝二にまで、迷惑をかけてしまうだろう。

「覗こうなんて思ってません、広すぎて迷ったんです！　呼ぶ声が……いたたっ！　何するんですか!?」

釈明しかけたら、腕をつかんでいた他来の手に、ものすごい力がこもった。痛みに譲は悲鳴をあげた。

年輩の男が、細い吊《つ》り目をさらに細めた。

「ほほう、呼ぶ声がなあ。他来。手を放してやりなさい。話はきちんと聞いてやらんとな」

「……お父さん」

他来が呻《うめ》くような声を絞り出す。男がゆるく首を振った。

「親の言うことは聞くものだぞ」

その言葉を聞いた瞬間、他来の表情がこわばった。譲は当惑してその顔を見上げた。怒ったように唇を引き結び、そのくせ苦しげに眉根《まゆね》を寄せ、瞳を曇らせている表情には、見覚えがあると思った。

(いいや、そうじゃない……誰かに似てるんだ)

それが誰なのか、譲が思い出せずにいるうちに、他来に『お父さん』と呼ばれた男が言葉を継いだ。

「それで、電器屋さんや。声がどうしたと?」

他来が不承不承といった様子で手を放した。譲は年輩の男の方へ向き直った。

「自分でも変な話だと思うんですけど、本当に、中を覗こうとかそんなつもりはなかったんです。工具を取りにいこうと思ったら、誰かに『こっちへ来い』って呼ばれて。気がついたら、ここに入り込んでて……すみませんでした。でも絶対、わざとじゃありません」

「そうか、そうか。うむうむ。気がついたら、どこにいた? 祠の近くかな?」

「えっ。そ、そうです。でも前まで行っただけで、何もしてません」

なぜ自分が祠のそばへ行ったことがわかるのだろうと不思議に思いつつ、譲は男に向かって言い訳をした。

屋敷神という言葉を聞いたことがある。屋上や敷地の隅に稲荷《いなり》や地蔵を祀《まつ》っている会社があるように、この真葛生家ではあの祠を祀っているのだろう。部外者が入り込んで神域を汚したと言われてはたまらない。自分は前へ行っただけで、何もしていないのだから。

男は譲を、頭のてっぺんから足の先まで、舐《な》めるように眺め回した。

値踏みされているようで居心地が悪かったが、相槌《あいづち》を打つ男の表情はなぜか満足そうだし、勝手に奥庭に入ったのは自分の不注意なので、我慢した。

その甲斐《かい》があったのか、男の口調が優しくなった。猫撫で声と言ってもいいほどだった。

「うちの屋敷は広いし、暑くてぼうっとする季節だし、慣れない場所で迷うこともあるだろう。気にすることはない。……ところで電器屋さん。まだ若そうだが、年はいくつかな?」

「十八です。あの、僕は使い走りですけど、一緒に来た先輩は仕事に慣れてます。洗濯機の据えつけはちゃんとできますから!」

「ああ。そうか、なるほど。他の配達員と一緒か……そうか」

若すぎて頼りないと思われたのだろうか。そう考えて、譲は孝二の存在をアピールした。男の顔に一瞬失望の色が浮かんだ気がしたが、はっきりとはわからなかった。目を細めてにこにこと譲を見つめたので、見間違いかもしれない。

「他来、その子を洗濯場まで送ってやりなさい。……いや、そうだな。他の者に頼もう。誰かおらんか」

男が手を叩《たた》いた。合図が聞こえたらしく、母家の中から小柄な中年男が出てきた。

「なんですか、豊伸《とよのぶ》兄さん」

「おお。すまんが、この子を洗濯場まで案内してやってくれ」

「はあ」

兄さんと呼んでいるからには親戚なのだろう。細い吊り目や角張ってごつごつした顎《あご》の形が、男によく似ている。そういえば、最初に自分と孝二を洗濯場へ案内した老人も、同じような顔つきだった。使用人だと思っていたが、そうではなくて、一族郎党が揃《そろ》ってこの屋敷に住んでいるのかもしれない。

(他来さんだっけ。この人だけ、顔の造作が違う感じだ……)

譲はちらっと視線を向けた。他来だけは他の男たちに似ず、鋭角的な顎のラインや引き締まった口元など、際立って秀麗な容貌《ようぼう》をしている。鼻筋の通った面長な顔は、父親ではなく母親に似たのだろうか。難を言えば、整いすぎて、うるおいや愛嬌《あいきょう》といったものに欠け、冷たく見える点だろう。

中年男は、譲をじろじろ眺めたあと、声をかけてきた。

「履き物を取ってくる。その枝折り戸を出て、そっちへ回って、待ってなさい」

「わかりました。……ほんとに、わざとじゃなかったんです。どうもすみませんでした」

譲は他来とその父親に向かって頭を下げたあと、奥庭を出た。

——譲が立ち去ったあと、庭に立ちつくしている他来に向かい、年輩の男は皮肉を込めた口調で言った。

「他来。『親』の意向に背くのはよくないのではないかな」

「あれは、男です」

「なんだろうと御神木《ごしんぼく》がお望みになるなら、お供えせねばなるまい。枝子《えだご》ともあろうものが、そのくらいのことがわからぬはずはあるまいに。御神木を大事にせんことには、御利益《ごりやく》を受けられなくなる」

他来は瞳を怒らせて、濡れ縁に立っている父親を振り仰いだ。

「これ以上、なんの御利益が必要です？　真葛生の人間が、死ぬまで誰一人として働かなくても安楽に暮らしていけるほどの資産を、すでに蓄えているのに」

「何がはずみで、財産というものは減り始めるかわからん。それに御利益は金だけではない。健康、縁談、不慮の災難を避けたりと、いろいろある」

「男は孕《はら》みません。役には立たないでしょう」

「御神木がお望みになったというだけで、充分に役立つ」

「まだ十八の子供を……」

「あれほど強く呼ばれる者はめったにおらんぞ。……枝子なら、わかりそうなものだがな」

そう言ったあとで、男は口元を歪《ゆが》めて笑い、皮肉につけ足した。

「代々の枝子は、御神木のお心を隅々まで汲《く》み取って伝え、真葛生の家を繁栄させたと聞くが……出来損ないの枝子にはわからんか？」

男はきびすを返し、母屋の奥へ歩き去った。

庭に取り残された他来は、唇を噛み、祠のある方角を見やった。


中年男に案内されて、譲は土間へ戻った。古い洗濯機と格闘していた孝二が、驚いたような声を出した。

「譲！ どこへ行ってたんだよ。なかなか戻ってこないから、軽トラのとこまで見にいったんだぞ。そしたら工具箱は置いたままだし、お前はいないし……どうしようかと思った」

「すいません。屋敷が広くて迷ってたんです。……あ、送っていただいて、どうもありがとうございました」

中年男に頭を下げた。男は譲と孝二を見比べてから、無言で裏庭へと戻っていった。その様子を見て孝二が首をひねった。

「送ってもらったって、お前、どこまで行ってたんだ」

「気がついたら、奥庭へ入り込んじゃってて……」

「奥庭？ お前って方向音痴だったのか？ そりゃ、確かにこのお屋敷は広いけどさ」

迷惑をかけてしまったのに、怒るどころかむしろ面白そうに孝二は笑った。

「すいません。でも、普段はこんなことないです。ちょっと変なんですよ、ここ」

「何が?」

「変な声が聞こえてきて……」

説明しようとした時、奥の方から畳を踏む足音が聞こえてきて、譲は口をつぐんだ。板の間の向こうにある障子が開いて、二十代後半くらいの大柄な男が、ガラスコップを載せた盆を手に出てきた。

「ご苦労さん。麦茶を置いとくから、喉《のど》が渇いたら飲んでくれ」

「あっ、どーも、ありがとうございます」

「すみません。あとでいただきます、ありがとうございます」

盆を上《あ》がり框《かまち》に置いた男は、譲をじろじろと眺めて、また奥へ戻っていった。粘りつくような、不快感の残る眺め方だった。目が細くて顎の角張った顔つきは、他の男たちと共通している。

譲は小声で呟いた。

「この屋敷って、女の人は全然いないんですかね?」

「何を期待してんだ、お前。逆タマ狙《ねら》いか?」

「違いますよ!　今まで男の人にしか出くわしてないから……」

「そういや、そうだな。単純にそういう家なんじゃねーの？　テレビでやってたじゃん、『女系の一族』とかなんとかいうの。その逆バージョンだろ。もともと男の方が数が多いのに女を嫁に出してたら、家に残るのは男ばかりになるだろうし」

確かに、現在の日本の人口比率は、男が女より多いという話だ。おまけに女性の結婚願望が低くなり、男が余っているとも聞く。もしもたまたま男が多く生まれた大家族があって、女がよそへ嫁いでいったのに、男は就職もせず家に残り、結婚しないでいたなら、男ばかりの屋敷ができあがってもおかしくない。

（でもあの人なら、結婚相手に困ることなんかなさそうだけどな。いくら男の方が厳しい時代だからって）

他来という青年の顔が、譲の脳裏をよぎった。家は裕福だし、父親や他の親族と違って、引き締まった端整な容貌の持ち主だし、相手には事欠かないはず——。

（……何を考えてるんだろう。僕には関係ないのに）

譲は苦笑した。

勝手に独身だと決めつけているが、もうとっくに結婚しているのかもしれない。狭苦しいマンションなどとはわけが違う、土間だけでも二十畳くらいの広さがある豪壮な屋敷だ。奥さんや子供が奥に引っ込んでいたなら、わかりはしない。

「よし、外れた。そっち側を持ってくれ、譲」

「はいっ」

もうあの奇妙な声は聞こえてこなかった。孝二に指示されるままに譲は動いて、洗濯乾燥機の据えつけを手伝い、古い洗濯機を軽トラックへ運んだ。

譲があの声のことを思い出したのは、帰る途中だった。ハンドルを握る孝二が、譲が迷子になっていた話を蒸し返したせいだ。

方向音痴とからかわれたので、むきになって反論した。

「違うんですよ。少しは迷いましたけど、わかっていればわざわざ枝折り戸を開けて奥へ入り込んだりしません」

「じゃ、どうしてそんなことになったんだ」

「変な声に呼ばれたんです。『こっちへ来い』って……それで、気がついたら奥庭にいて」

「なんだ、それ。お前って霊感体質だったか?」

譲は首を横に振った。今まで心霊現象を経験したことはない。孝二が片手をハンドルから放し、困ったようにがしがしと頭を掻《か》く。

「他のヤツなら、『ネタだろ』の一言ですむけど、お前が無意味な嘘《うそ》をつくわけないもんな。そういえば、洗濯乾燥機を運んでる途中でも、声が聞こえるとか言ったっけ」

「そう!　そうなんです、あの時と同じ声がして」

「いや、でもあの時も、オレにはなんにも聞こえなかったんだ」

「僕にも、わけがわからないんです。他来って人に呼び止められて、我に返った時には奥庭にいたんですから」

「他来?」

「はい。家の奥を覗きにきたんだろうって疑われて、怒られました。洗濯機の取りつけなんかいいから、さっさと帰れって……」

自分に対する態度がとげとげしかったことを話すと、孝二は訳知り顔で頷《うなず》いた。

「それ多分、オレの従姉と、中学高校が同じだったヤツだ。今の当主の息子。その頃から友達もろくにできなくて、いつも一人だったって」

「へえ……不思議ですね」

「何が?」

「いえ、なんとなく……」

すっきりと背の高い体躯《たいく》といい、整った面立ちといい、人目を引かずにはおかない。そのうえ裕福な家の息子だ。友達になりたがる者は多そうな気がする。特に女子は、放っておかないような気がするのだが——。

「そうか、かえって近づきがたいのかな? 二枚目なんですけど、正統派すぎてイケメンなんて軽い言葉は似合わない感じで……呼び止められた時は、びっくりしました」

冬の海を連想させる瞳は、まだはっきりと印象に残っている。声をかけられ振り返って、緑が濃い庭にたたずむ他来の姿を見た時は、大正時代を舞台にした小説の中へでも迷い込んだ気分になった。

見たことがあると思ったあの表情が、誰に似ているのかは、まだ思い出せない。

「頭ごなしに覗き魔扱いされたのには、ちょっと困りましたけど……」

「従姉の話じゃ、とっつきにくいヤツだったらしいからな。そんなヤツの言うこと、気にすんなよ。引きこもりらしいし、変人なんだろ」

「変人ってほどじゃ……厳しい性格なだけで、悪い人じゃないと思います。わざとじゃなくても、奥庭まで勝手に入ったのは僕が悪いし」

他来の態度だけを責めるのは不公平だと思い、譲は弁護した。孝二の声がとがった。

「なんだよ、譲。文句を言われたのはお前だろ。何をかばってんだよ。金持ちの家の息子だからって、オトモダチになりたいのか？」

「な、何を言ってるんですか、孝二さん！　そんなんじゃないです！　悪い人じゃなさそうだって言ってるだけで……!!」

「どうだか。そいつが孤立してるのを心配したクラス委員が、いろいろ構ってクラスになじませようとしたら、余計なお世話だとか言われたあげく、突き飛ばされて怪我《けが》をしたって話も聞いたし。……まあ、噂が本当なら、意固地になるのも無理ないけどな」

「どういうことですか？」

従姉や祖父から聞いたとかで、孝二は真葛生家の内情に詳しかった。

江戸時代は代々庄屋を務め、明治維新や戦後の農地改革さえも乗りきってきた富豪だけに、このあたりでは真葛生家に関することなら、なんであれ噂の種になるらしい。

「あの屋敷には一族がぞろぞろ住んでるだろ。その中で、一人だけ顔が全然似てないっていうんだ」

「あっ、そうです。父親って人に全然似てなかったから、母親似なんでしょうね」

「ところが、母親似でもないらしい。当主の長男ってことは、普通に考えれば跡取りだぞ。なのに名前が『他から来た』って書いて『たき』だそうだ。親に顔が似てないことといい、意味ありげな名前だと思わねェ?」

「……養子ですか?」

「そんなオープンな話だったら、誰が噂の種にするかよ。母親は、真葛生家の当主の奥さんに間違いないって。でも子供が生まれたあと、自殺したそうだ。表向きは事故死ってことになってるけど」

譲は声をのんだ。

一族の誰にも似ていない顔、他来という名前、母親の自殺――導き出される結論は、

(お母さんが、誰かと浮気をして生まれたのが、他来さん……?)

そういえば、あの父親が他来に向かい『親の言うことは聞くものだ』と言った時の口調に

は、皮肉な気配があった。表向きだけは実子として取り繕っているのだろうか。

(お母さんがいないのか)

だからあんな暗い眼をしていたのだろうか。自分も小学生の時に母を病気でなくしているので、残された子供のうつろで満たされない心地は理解できる。

目を伏せた譲に向かい、孝二が皮肉っぽく言葉を継いだ。

「そういう、ややこしいヤツだからさ。きっとひねくれてんだよ。仲良くなろうなんて変な期待をすんなよ、お前」

「変な期待って、なんなんですか。……さっきから孝二さん、変ですよ。知らない人の悪口を言ったりして、らしくないです」

妙にねちねちした物言いにむっとして、譲は横を向いた。

普段はさっぱりと陽性なのに、孝二は時折妙にからんでくることがある。以前、同好会のメンバーで近くの女子大と合コンをした時も、二次会あたりから様子がおかしくなり、結局二人で先にコンパを抜けて、譲が酔った孝二を家まで送る羽目になった。

(でも今日はアルコールは入ってないのに、どうしたんだろう?)

窓の外へ視線を固定したまま、譲は黙り込んでいた。

「……ごめん、譲。暑いせいかな。なんだかイライラしてたみたいだ」

しばらくして聞こえてきた声は、もういつもの口調に戻っていた。譲は運転席に目を向けた。孝二は照れくさそうに頭を掻いている。

「お前ってめったに怒らないから、八つ当たりしやすいのかも。ごめんな。気を悪くしたか？」

「いえ、そんなことは……孝二さんらしくないって思っただけです。でも大丈夫ですか？　体調が悪いとかなら、早く帰って休んだ方が……」

「あー、平気、平気。お前の方こそ、心霊系な声を聞いたりしてるじゃん。夏バテしてるんじゃね？　今日はゆっくり休めよ」

やはり孝二は親切な気性だ。言葉どおりに暑さでイライラしていただけなのだろう――そう思い、譲はほっとした。

その二日後の夜だった。

アルバイトを終えた譲は、マンションへ帰る道を一人で歩いていた。手に提げたコンビニのポリ袋には、自分の夜食用の弁当と絹越し豆腐が入っていた。

(夏だからきっとシロだって、さっぱりした物が食べたいよな)

シロは、大学の近くのペットショップで売られていたハムスターだ。『見切り処分・大安売り』と銘打たれていたのが可哀相《かわいそう》で、飼育セット一式と一緒に買った。

飼ってみると人によく馴《な》れて可愛《かわい》らしい。自分の食事の準備をする時は、豆腐やヨーグルト、野菜の一かけをシロのために取り分ける。その動作が食を分け合うという連帯感を生み、一人暮らしの侘びしさを癒《い》やしてくれた。

(えーと、明日はバイトがないから部屋の掃除をして、シーツを洗濯して……)

翌日の予定を考えながら、大通りを離れて脇道へ入った。

乗用車がすれ違うのが精一杯という道幅で、歩道と車道を仕切るのはアスファルトに描いた白線だけ、ガードレールはない。道の両側には、事務所や会社などの建物、小さな倉庫などが並んでいるが、夜なのでいずれも閉まっていて、人の気配はまったくなかった。

後ろから、エンジン音が近づいてきた。道の端に寄ってよけた譲を追い抜いていったのは、一台のワゴンだ。

それが、行き過ぎてすぐに停まった。

(……え?)

本能的な不安を感じて譲は足を止めた。いや、立ちすくんだというべきかもしれない。

ワゴンのドアが開いた。

男が次々と飛び出し、譲に走り寄ってきた。全部で四人、いずれもマスクとサングラスで顔を隠している。

「うわっ!? な、何を……!!」

逃げようとしたが、相手が四人もいてはどうにもならなかった。もともと敏捷《びんしょう》な方ではないし、体格がいいわけでもない。

四肢をつかまえられ、抱え上げられた。

手から離れたコンビニの袋が、地面に落ちた。誰かの靴がそれを無造作に踏みつけるのが、もがく譲の目に映った。

ドアが開いたままの車の中へ、担ぎ込まれる。

「いやだ！　誰か、助け……んぅぅっ‼」

助けを求めて叫ぼうとした口に、布切れを押し込まれた。さらにその上から、タオルか何かを巻かれて、猿轡《さるぐつわ》をかまされてしまう。手首を背に回して縛られ、足首もまとめて拘束されてしまった。

運転席に残っていた男が、すばやくワゴンを発進させた。

「……んんっ！　ん、むぅーっ！　うーっ‼」

パニックを起こして譲は身をよじり、猿轡の間から呻き声を押し出した。

何がどうなっているのかわからなかった。

誘拐されたのだ、とは理解できる。だが、なぜ自分なのか。金持ちの家に生まれたわけでもなく、特別な情報を握ってもいない。

男たちの話す声が聞こえてきた。

「傷をつけてはおるまいな？　大事な供物じゃ、丁寧に扱わんと……」

「大丈夫ですよ。それより、人に見られてませんか」

「いや、それは心配ない」

「早く連れていかんとな。御神木がお待ちかねだろう」

乱暴な犯罪に似合わず、声の調子からすると中年以上の男たちが多いようだ。若い声は、一つしか交じっていなかった。

「しかし枝子は、御神木が所望なさっているとは言わなんだそうじゃが……」

「豊伸伯父さんの話じゃ、本人が『呼ばれた』と言ってたそうですよ。祠へ連れていってみればはっきりします」

「それもそうだ。他来には御神木のお言葉が聞き取れなかったのかもしれん。枝子としては出来損ないだからな、あいつは」

譲の心臓が、大きく拍動した。他来という名を聞いたせいだ。そういえば喋っている誘拐犯の中には、聞き覚えのある声が二人ほど交じっている。この前配達に行った、真葛生家で会った人々ではないだろうか。

（僕を誘拐したのは、あの屋敷の人たちなのか……!?）

恐怖が身にしみ通ってきた。男たちは平気で個人名を口に出し、素性を隠そうとしていない。つまり自分を無事に帰す予定はないということだ。

（どうしてなんだ。なぜ僕を……御神木とか、祠とか、なんのことなんだ？）

惑乱し怯《おび》える譲を乗せてワゴンは走り続け、見覚えのある豪壮な屋敷にたどり着いた。長い塀に囲まれ、幾棟もの屋根が不規則に重なったシルエットは、夜の闇《やみ》の中、翅《はね》を広げて地に伏している巨大な蛾《が》を思わせた。

ようやく拘束を外してもらえたのは、車から降ろされ、離れらしい建物へ連れ込まれたあとだった。普段は使っていないのか、かび臭い。

譲を畳に転がした男たちは、まず猿轡だけを外した。

「なんなんですか、どういう目的で僕を……!!」

「飲め」

夢中で叫んだ言葉は無視された。手足を縛ったままの譲を二人が押さえ、一人が白い陶製の徳利《とっくり》を口元に差しつけてくる。アルコールのにおいが鼻に来た。中身は酒らしい。もともと酒好きではないし、こんな状況で勧められて素直に飲めるわけがない。

「いやだ、やめてください！　何をする気……んぅっ！」

懸命に首を振って拒否した。だが一人が譲の頭を大きな手でつかまえて固定し、別の一人が鼻をつまんだ。息ができなくなって開けた口に徳利が押し当てられる。

中身を注ぎ込まれた。

「う……ぅ、ん……」

含んだ瞬間、口の中が熱くなった。飲み下すに従い、食道から胃へと異様なほてりが広がっていく。普通の酒ではないのか、体がしびれて力が抜けていく気がした。なんだか青臭い、そのくせ甘ったるい味がするのは、薬物が混じっているのかもしれない。

「おお、よしよし。飲んだ飲んだ」

「まずは御神酒《おみき》で中からお清めせんとなあ。さあ、次は外側のお清めじゃ」

譲は男たちに抱え上げられた。廊下を通って、連れていかれたのは檜作《ひのきづく》りの風呂場《ふろば》だった。前もって温めておいたのか、中に湯気がこもっていた。

「昔は、真葛生のお召しといえば、それで片づいたそうじゃがなあ」

「時代が違いますよ」

「なあに。一人暮らしで捜す家族もおらんそうだし、心配はあるまい」

「とにかく御神木が、供物として所望なさったのだから……」

言いながら男たちは譲を縛っていたロープを切り、衣服を剝《は》ぎ取って、洗い場へ運んだ。

四人がかりで、髪、胸、腹、四肢は言うに及ばず、耳の裏側、足趾《そくし》の間、股間《こかん》から尻まで湯をかけ、こする。スポンジやボディブラシどころか、手拭《てぬぐ》いさえ使わない。いくつもの手が、譲の全身を這い回った。

見知らぬ男たちに体を撫で回される気持ち悪さに、肌が粟立《あわだ》つ。

「や……やめ……あぁっ……いや、だ……助け……」

夢中で訴えかけたが、もちろん手を止めてくれる者はいない。抵抗したくても、さっきの酒のせいか、体から芯《しん》を抜かれたようだ。誰かに支えてもらわないと、そのまま倒れてしまいそうになる。

隅々まで洗い上げられ、丁寧に水滴を拭われたあとは、全裸のまま離れから連れ出された。夏だから寒くはないが、自分がこれからどうなるのかを考えると不安でたまらず、何度も体が震えた。

連れていかれたのは奥庭の、あの祠の前だった。

『来い』

いつか聞いたあの声が、強く、はっきりと響いてくる。耳に聞こえるのではなく、直接頭の中へ届いてくることに、今ようやく譲は気づいた。

『来い。ここへ来い。早く来るがいい』

期待に昂《たか》ぶっているのがはっきり伝わってくる。

(僕のことを、供物って言ってた)

子供の頃に読んだ説話集の中身が脳裏をかすめる。子供や若い娘を土地神、あるいは妖怪に生贄《いけにえ》として捧《ささ》げる代わりに、村の安寧を得るのは、民話や神話によくあるパターンだ。

(食い殺される……?)

この現代日本で、そんな馬鹿げた習慣が続いているはずはない。そう思いたいが、現に今自分はこうして捕らわれて、真葛生家に連れてこられている。

飲まされた酒のせいか、ともすれば霞みそうになる譲の目に、祠の前に並んでいる男たちの姿が映った。五、六人いる。中央にいるのは、この前見かけた当主だ。譲を誘拐し、お清めという作業を行った男たちが、普通の洋服姿なのとは対照的に、全員が黒紋付で正装していた。譲は彼らに引き渡された。

当主が祠の戸を開けた。ふらつく譲を皆で手取り足取りして、中へ運び込む。

この前、謎《なぞ》の声に呼ばれてここへ来た時は、中が暗かったせいで、扉の内がどうなっているのまでかは見えなかった。

今、こうして連れ込まれてみると、中は六畳ほどの板敷きになっていた。両脇の壁際にいくつも真鍮《しんちゅう》の燭台《しょくだい》が並べられ、蝋燭《ろうそく》の炎が揺れている。

奇妙なことに、本来なら祭壇や神像が祀られているはずの正面奥には、何もなかった。

その代わり床が四角く切り取られて、畳一畳分ほどの穴がぽっかりと口を開けていた。すぐ横に、人が入れるくらいの大きな竹籠《たけかご》が置いてあり、籠に結わえつけた丈夫そうな綱が、天井の滑車を通ったあと、床にとぐろを巻いている。籠に乗せた何かを、穴の底へ下ろすための設備なのは、明らかだった。

譲は目を瞬いた。

中に他来がいたからだ。和服姿だが、黒紋付の他の男たちと違って、一人だけ白い着物に白い袴《はかま》を身につけていた。

誰かが他来に向かって口を開いた。

「御神木の御景色《みけしき》は？」

問いを受けて他来が譲を見やった。切れ長の瞳を、一瞬痛ましげな色が流れた気がした。

他来は豊仲たちに一礼し、床の穴を視線で示した。

「すでにお待ちかねです」

男たちは顔を見合わせて頷き合い、譲を竹籠に入れた。

「やっ……やめて、ください……いやだ、死にたく、な……」

力の入らない手足を懸命に動かして拒み、許しを請うたが、男たちは一切耳を貸すことなく、滑車に通した綱を引き、譲を入れた籠を、穴の底へ下ろしにかかった。

「死ぬことなどあるものか。たんと可愛がっていただくがいい」

紋付を着た男たちの誰かが、笑いながらそんなことを言ったようだ。しかし譲にはその言葉に注意を払う余裕はなかった。

籠がゆっくりと暗い闇の底へ下ろされていく。何者かの気配を感じるのは、気のせいだろうか。いや、確かに何かがいる。自分を呼ぶ声が聞こえてくる。

『来たか。待ちかねた……早く来い』

喜悦と期待、そして、明らかな欲情の響きをともなった声が、譲の頭の中にこだました。

七、八メートルも下りただろうか。籠の底が地面に届いた。
さっきの酒に似た、草いきれに甘さを加えたようなにおいが一面に満ちている。ぴちゃぴちゃと、濡れた地面を踏むのに似た音が鳴っている。巨大な生き物が舌なめずりしているようにも聞こえた。

恐怖に駆られ、譲は周囲を見回した。

今自分が下ろされた穴から漏れてくる光で、壁に鉄梯子《てつばしご》が取りつけてあるのがわかった。

（あれを登れば、逃げ出せる……？）

上の祠にはさっきの男たちが待ち構えている。助けてもらえるはずはない。しかしそこまで冷静に考える余裕は残っていなかった。譲はふらつく脚で立ち上がろうとした。

だがその時、何かが竹籠を引き倒した。

「あ？　えっ……わあああぁっ！」

バランスを崩した譲は地面へ投げ出された。

板や石の床ではなく、土を踏み固めたような感じだ。だが、べったりと湿っていた。そして濡れた土以外に、蛇か鰻《うなぎ》のように細長い、くねり動くものが何本も体に触れた。触れただけでなく、からみついてきた。

「な、何……あぁっ！　痛い、やめ……あうぅっ!!」

腕に、脚に、腰に、細長いものが次々と巻きついた。地下室の奥へと譲を引きずり寄せる。

懸命にもがいたが、酒のせいで体がうまく動かないし、自分にからみつき、引き寄せる力は凄《すさ》まじく強い。

『来たか……‼』

譲の頭の中に、愉悦に震える声が響き渡った。

暗さに目が慣れ、この場の様子がわかるようになった。仰向《あおむ》けに転がったまま引きずられた譲は、茫然《ぼうぜん》として声の主を見上げた。

自分を呼んでいたのは、一本の木だったのだ。

高さは数メートル、幹は二抱えくらいありそうだ。根元から二メートルばかり幹が伸びたあとで、いきなり無数の枝に分かれ、あらゆる方向へ無秩序に伸びている。葉らしいものは見当たらない。しなやかで硬さを感じさせない枝のくねり方は、枝というより蔓に近かった。

譲が今まで見た、どんな木にも似ていなかった。

もちろん普通の木のはずはない。普通の木が人間の頭の中へ呼びかけてきたり、蔓を動かして人を襲うことなど、ありえないのだから。

これは、異形の化け物だ。

「助けて、父さんっ……孝二さん！　誰か、助け……いやだぁーっ！」

そばへ引きずり寄せられ、譲の口から絶望の悲鳴がこぼれた。さらに多くの蔓が、自分の体に巻きついてくる。

絞め殺される、と思った。だが――。

「あ……あっ！」

譲の体を拘束した蔓は、それ以上締めつけることなく、譲の体を中空へ持ち上げた。

「ひ、ぁっ!? な、何……やっ……いやだっ、何を……!!」

蔓の太さは、凧糸《たこいと》のように細いものから、赤ん坊の腕くらいの太いものまで、さまざまだ。細い蔓が、腿《もも》の内側を撫で上げるように軽く触れつつ、股間へ這い上がってきた。別の蔓が胸肌に近づき、先端で乳首をつつく。思いがけない妖樹の行動に、譲は惑乱した。

「や、やめてくれ！ どういうつもり……あぁぁっ！」

無遠慮に、股間に触れてくる。腿を撫で、双丘の谷間をなぞり上げ、譲自身にからみつき、こすり立てる。決して乱暴ではなく、むしろ恐怖に縮み上がった譲の体から、快感を引き出し掘り起こすかのような動作だ。

蔓はいずれも濡れていた。よく見れば、妖樹の蔓には普通の葉の代わりに、無数のイボのような突起が生えている。そのイボの根元から、粘液がにじみ出ているようだ。

「い……いや、だ……許し、て……」

頰から顎を蔓に撫でられ、譲は喘いだ。青臭くて、そのくせ甘ったるいにおいが鼻孔へ突き刺さってきた。さっき飲まされた酒には、この液が混じっていたのかもしれない。

（熱い……なんだろう、体がほてってって……）

る。腿、尻、胸、脇、背中、喉元——ありとあらゆる場所を、蔓に撫で回され、つつかれている。粘液でぬらつくイボだらけの蔓に弄ばれる感覚を、快《こころよ》いと感じてしまう。すでに乳首は両方とも硬くとがっていた。そこへさらに、細い蔓が巻きつき、こすり、引っ張る。そうされるのが気持ちよくて、喘がずにはいられない。

(あぁっ……いやだ、こんな……こんなこと……どうして、僕、は……)

人間ならともかく、異形の妖樹に嬲られて感じていることが、恥ずかしい。

だが皮膚や粘膜に与えられる快感は、あまりにも強すぎる。

譲にはまだ性経験がない。他者に撫で回されることに免疫のない体が、妖樹の巧みな愛撫に耐えられるわけはなかった。

性器はすでに完全に勃《た》ち上がっている。先端が濡れているのは、蔓の分泌する粘液のためばかりではない。自分自身がにじませた先走りも混じっているだろう。こすり立てる蔓の勢いが一層激しくなる。譲の体は何度も大きく震えた。

けれどもいつのまにか根元に巻きついた蔓の締めつけが、強くなっていた。これでは達することができない。それなのに、他の蔓が敏感な裏筋や先端部を弄び続ける。

「あ、ぁ……苦し、い……助け……」

涙がにじんだ。

頭の中に響く声が、楽しげに笑った気がした。

「……ひっ!?」

尻の谷間は、蔓に何度もなぞり上げられ撫で下ろされ、粘液でぬるぬるになっていた。当然、後孔も同じことだ。そこへ、細い蔓が一本、侵入してきた。

「や、やめ……やめろ！　やめてくれっ!!」

快感に溶かされかけていた理性が戻ってきた。譲は悲鳴をあげてもがいた。

蔓が細いせいか痛みはなかったが、違和感は強烈だった。今まで、風邪《かぜ》などで高熱を出した時でさえ、座薬を使うのはなんだか気持ちが悪くて、飲み薬ですませていた。

後孔に外から物を入れられたことなど、なかったのだ。

イボだらけの細い蔓は、譲の内部を調べるかのようにくねり動く。自分の中に異形の化け物が侵入し、うごめいているという事実に、譲は半狂乱になった。

「いやだ！　やめてくれ、やめてください!!　誰か、助け……あ……？」

不意に、蔓がずるりと抜けていった。

助けてくれたのだろうか。

自分の頭の中へ呼びかけてくることができる以上、妖樹は自分の言葉を理解しているだろう。もしかすると哀れを催し、許してくれるのかも——譲がそう思った時だった。

譲の注意を呼び起こすかのように、何かが頬を撫でた。赤ん坊の腕ほどもありそうな太さの蔓だった。普通の蔓なら先へ行くほど細くなっているのに、途中で折れて、樹液で固まったのか、先端は節くれ立った瘤《こぶ》状になっていた。硬くて太く、蔓というよりは棍棒《こんぼう》だ。それでいてその動きは、自在でしなやかだった。

譲の頬を撫でて注意を引いたあとは、ゆっくりと、先端を皮膚に押し当てたまま、顎から首筋へ、背中へ、腰へとすべっていって、尻肉の谷間を下りる。

「えっ……ま、まさ、か……」

瘤状の先端が後孔にあてがわれるのを感じた。恐怖に身がすくむ。無理矢理与えられていた快感が、完全に醒《さ》めた。箸《はし》程度の太さの蔓でさえ激しい違和感を感じたのに、あんなものを押し込まれたらどうなってしまうのだろう。

「い、いやだ！　やめてくれ、そんな……頼むから、やめ……‼」

縛《いまし》められた手足を必死にばたつかせ、腰を引き、逃れようとした。だが所詮《しょせん》、虚しい抵抗にすぎなかった。

「……うあああぁーっ‼」

瘤だらけの太い棒が、譲の中へ押し入ってきた。

脚や腰にからみついている蔓は、譲の体をしっかりと固定し、逃れることを許さない。深く、深く、ねじ込まれる。

「あ……ぁ……」

今まで味わったこともない苦痛に目を見開き、大きく口を開け、薄い胸を波打たせて、譲

は喘いだ。苦しくて吐きそうだ。涙がぼろぼろとこぼれ落ちた。

「たす、け……て……」

とぎれとぎれの言葉を無視して、譲を犯す蔓は、ゆっくりと前後に動き始めた。

粘液に濡れた肉をこする淫《みだ》らな音が、地下室に鳴り響いた。

第２章

祠の中では当主の豊仲をはじめ、真葛生家の主だった男たちが、穴の底の様子を窺《うかが》っていた。

「……どうやら供物はお気に召したようじゃ」

「それはもちろん、御神木が自らお呼びになったほどだから……めったにあることではない」

「ちと心配だったのだがな。今までの例と違って、女ではないし、枝子はそんな気配を感じぬと言うし」

一人の言葉を受けて、豊仲が他来に蔑《さげす》みの混じった視線を向けた。

「他来。親の意向に背くものではないぞ。枝子はただ、お言葉を正しく伝えていればよい」

他来は答えない。

穴の底から一際高い譲の悲鳴が響いてきた。どこをどうされているのか、懸命に許しを請い、助けを求めている。しかし叫びの合間に聞こえる喘ぎに、なまめかしく官能的な響きが混じり始めたのも確かだった。

空気中に漂う甘ったるいにおいが、濃さを増した。

男たちが苦笑いして顔を見合わせた。

「いかんな。これほど御神水の香りが濃くては……」

「離れ家へ退散するか。ここにいてはわしらまで狂うて、下に降りたくなってしまう」

「うむ。御神木の邪魔をしてはならん。御利益が受けられなくなる」

「なあに、ほんの一時間か二時間ほど辛抱すれば、お下がりをいただける。男というのは今まで例がなかったが、供物のお下がりとなれば話は別だ」

「あの声といい、御神木のお喜びようといい……どこにでもいそうな若い者に見えたが、どうしてどうして。そこらの女より、ずっとよいのかもしれん」

「あとは任せたぞ、他来」

なんとも言えない淫らな笑いを残し、豊仲たちは祠を出ていった。

一人になった他来は、無言で穴の底に目を向けた。暗くて下の様子は見えないが、あの妖樹が何をしているか——そして譲がこれからどういう目に遭うのかは、知りつくしている。

何百年、いや、もしかしたら千年を超える年月、真葛生の家はあの妖樹に仕え、繁栄を得てきた。妖樹には未来を読む力があるらしい。与えられる託宣が外れることはなかった。その力により真葛生家は、遠い戦乱の時代はもとより、明治維新の激動や、戦後の農地改革をも乗りきった。秘密を守るため、目立ちすぎないよう、『地方によくある富裕な家』程度の見せかけを保ちつつ、だが内実は裕福に、栄えてきた。

そのためには代償がいる。

それが『供物』と呼ばれる人間だ。譲の場合のように、妖樹自身がこれと決めた相手を呼び寄せる場合もあれば、真葛生家の方でふさわしく思える人間を用意して、祠の地下へ下ろすこともある。

妖樹は決して供物を殺したりはしない。ただ、犯す。犯し続ける。

地下から響くすすり泣きを聞いて、他来は溜息をついた。妖樹が喜悦している気配が、はっきりと伝わってくる。譲は半死半生になるまで責められるに違いない。

さんざん犯された供物は、祠の地下から引き出されたあと、真葛生家の人間に輪姦《りんかん》される。それが『供物のお下がり』の意味するところだった。樹液にまみれた供物を犯すことで、長寿と健康を得ると、真葛生の者たちは信じている。到底ものの役に立たない年齢の男たちも交じっているが、彼らは供物に付着した樹液を舐め取るだけでも効果があると信じているのだ。ましてあの樹液には催淫《さいいん》作用がある。実際に犯すことができなければ、なおのこと、供物をいたぶる行為は激しくなると考えていい。

「……だからあの時、早く帰れと言ったんだ」

痛ましいのとやりきれないのがない交ぜになった心地で、呟いた。

親族の一人が『どこにでもいそうな若い者』と言っていたとおり、決して譲は飛び抜けた美貌の持ち主というわけではない。体つきは痩せて小柄だし、どちらかといえば平凡な顔だと思う。ただ、毒気が感じられなかった。全体に頼りない雰囲気で、大きくて丸い眼には幼い子供のような純真さが宿っていた。この前会った時も、覗き趣味と決めつけた自分に対し、怒るというよりは、ひたすら信じてもらおうとする口調で釈明してきた。

そういう無垢《むく》な部分が、妖樹の欲望をそそったのかもしれない。

凌辱が終わったのは、皆が出ていってから一時間半ほどたった頃だった。

祠の一隅に座り込んで待っていた他来は、気配を悟って体を起こした。まず竹籠を滑車で下ろしたあと、自分は鉄梯子を伝って穴の底へ下りた。

他来は顔をしかめた。地下は祠の中以上に、樹液のにおいが濃い。

妖樹の根元に譲が倒れていた。気を失っているようだ。どれほど嬲られ続けたのか、全身が樹液に濡れつくしている。腹から胸元が白くなっているのは、譲自身が放った精液だろう。

引き起こそうとして、他来は目を瞬いた。

譲の鳩尾《みぞおち》に、奇妙なものが見えたせいだ。小豆《あずき》粒ほどの大きさで、灰色がかった薄茶色をしている。病んだ老人の皮膚を思わせる色合いは、若々しい体には似合わない。

身をかがめ、粒の周囲に粘りつく精液や樹液を、指先で拭ってみた。

「これは……」

他来は声をのんだ。譲の鳩尾に半分埋まった楕円形の粒が、妖樹の種子だと気づいたからだ。見るのは初めてだが、自分にはわかる。

急いで記憶を探った。古い時代の歴史は曖昧になっているが、そういえば百五十年ほど前に、種子を植えられた人間がいたらしい。その時も譲と同様、妖樹から呼び寄せられた供物だったはずだ。気に入った供物を逃がさないために植えつけるのかもしれない。何もせずにおとなしくしていれば、種子がその人間を害することはないが、体に植わった部分からは、すでに皮下へ根が伸びているだろう。本人が取ろうとしても取ることはできない。たとえ外科手術を受けても無駄だ。

(種子を植えるほど、気に入ったのか)

いや、そんなことは最初から——譲が木に呼ばれたと言った時から、わかっていた。だからこそ誰も気づかないうちに逃がそうとしたのに、よりによって父に見つかったうえ、譲が自分から『呼ばれた』ことを口に出してしまった。

こうなっては、どうしようもなかった。

自分はこの屋敷でしか生きていけない。父と妖樹の意向には逆らえない。

まして譲は種子を植えられてしまった。妖樹が飽きて手放すまで、ここから逃れることのできない体にされたのだ。

溜息をついた他来は、何気なく妖樹の幹に手を触れた。

「……うあっ！」

電流に似た衝撃に、悲鳴がこぼれた。慌てて手を放した。

静電気が起きたわけではない。指先を伝って妖樹から自分の中へ、凄まじい量の託宣が流れ込んできたのだ。土地の買収計画、一族の一人に持ち上がっている縁談の可否など、以前から妖樹にお伺いを立てていた内容への答えもあったが、それ以外に、今後の経済や政治の動向から気象、自然災害に至るまで、尋ねてもいなかった知識——いや、未来予知による情報を一瞬の間に送り込まれた。量の多さに脳が引っ掻き回され、眩暈《めまい》がしそうになった。

他来は茫然として譲と妖樹を見比べた。

妖樹がこれほど気前よく託宣を与えてきたのは初めてだ。託宣と一緒に、激しい喜悦の感情が伝わってきた。この様子では、簡単に譲に飽きはしないだろう。何ヶ月か、あるいは年単位でいたぶられるのかもしれない。

暗鬱《あんうつ》な思いで譲を抱き起こした。

気がついたのか、細い体が腕の中で震え、びくんと突っ張った。閉じていた目が、張り裂けそうなほど見開かれた。だが焦点は合っていない。

「いや……いやだぁっ！　もういやだ！　放し、て……!!」

泣き叫んで、譲は他来の手を振り払おうとした。弱々しい動きだったが、声にも表情にも、拒絶と嫌悪がにじみ出ていた。

もがく譲を押さえ、その耳元に他来は叫んだ。

「落ち着け！　もう終わった！」

「あ……ぁ……」

引きつけを起こしたかのように突っ張っていた譲の四肢から、力が抜ける。唇が震えて、小さな呟きが漏れた。

「終わっ……た……そう、なんだ……助けて、くれたん、だ……」

譲の表情がゆるんだ。見開いていた瞳に安堵の色が浮かび、やがてゆっくりとまぶたが下りる。疲労しきっていたために、緊張が解けて再び意識を失ったらしい。助けてもらったと勘違いしたのか、樹液に汚れた手は、抱き起こした他来の着物をしっかりと握りしめたままで、ゆるまなかった。

他来の胸が針を刺されたように痛んだ。

終わった、という自分の言葉は嘘ではない。しかし『今回の凌辱が終わった』にすぎないのだ。これから譲は、毎日のように妖樹に犯されるだろう。いや、このあとすぐ、自分の父をはじめとする真葛生家の男たちに輪姦される。

白衣《びゃくえ》の肩を握りしめている譲の手を、そっと外させて、他来は詫《わ》びた。

「すまない。……俺には、何もできないんだ」

気を失っている譲を籠に入れ、他来は梯子を使って一人で先に祠へ上がり、滑車を使って籠を引き上げた。離れ家の豊仲たちに知らせると、待ちかねたような表情で祠へ駆けつけてきた。紋付が樹液で汚れるのも構わず、譲を担ぎ上げ、離れへ運んでいく。すでに樹液に酔っているのか、濁った目つきにも、舌なめずりする口元にも、欲情がむき出しになっていた。

他来は一人で裏庭の井戸端へ向かった。

全身に冷たい水を浴びたい気分だったが、着替えを用意していない。譲を抱えた時に手についた樹液だけでも拭おうと、手押しポンプで水を汲み、手拭いを濡らした。

固く絞った手拭いで腕をこすっていると、足音が近づいてきた。二歳上の従兄《いとこ》、日出男《ひでお》だ。

「お供えはすんだらしいな」

細い目にねっとりとした光が浮かんでいる。不快を押し隠し、他来は黙って頷いた。

「今は、皆でお下がりをいただいてる真っ最中ってわけか。……ふん。棺桶《かんおけ》に片脚どころか両脚を突っ込んだような爺《じじい》に、なんの御利益だ。勃ちもしない爺連中が、どうやってお下がりを食うって？　将来のある人間を優先した方がいい、そう思わないか？」

老人が多いこの屋敷の中で日出男は若いし、図抜けて体格がいい。それを買ったのか、父は日出男を誘拐の実行グループに指名した。なのに、譲を犯す一番手グループには加えなかった。優先されたのは年長者だ。

そのことに日出男は不満を覚えているらしい。

「順番は当主が定める決まりだ。苦情なら父に言ってくれ」

視線を合わせず、素っ気なく答えた。この屋敷に今住んでいる者、いや、真葛生家の人間は誰も彼も嫌いだが、この従兄はとりわけ疎ましい。顔も見たくなかった。井戸端を立ち去ろうとした。

だが、日出男は他来の喉へ腕を巻きつけるようにして、引き止めた。

「！」

嫌悪感に皮膚が粟立つ。振り払おうとしたが、重量感のある日出男の腕は、小揺るぎもしなかった。

他来は決してひ弱い方ではない。背丈に見合うだけの力はあるつもりだ。しかし岩を押し固めたような体格の日出男とでは、勝負にならなかった。太い腕で喉を締め上げ、もう片方の手で他来の利き手をつかまえ、抵抗を封じたうえで、日出男は声をひそめて囁《ささや》いてきた。

「本家の伯父貴に言ってもしょうがないから、お前に言ってるんだ。供物を捧げたんだから、御神木の『託宣』があったんだろ？」

「……放せ」

「そう邪険にするなよ。お前だって、伯父貴から出来損ないの枝子って言われるのには飽き飽きしてんじゃないのか？」

「お前に案じてもらう必要はない」

「まあ聞けよ。御神木の託宣の中に、たった一言、『日出男を跡取りにすればこの家は栄える』ってつけ加えればいいんだ。俺が当主になったら、お前のことは大事に扱ってやる。どうだ、悪い取引じゃないだろう。仲良くしようぜ。なあ？」

軽躁《けいそう》な男だと、他来は心の中で蔑んだ。

他来が日出男を嫌っていることに気づかないのか、気づいていても、利で釣れるはずと考えているのか。しかも誰かが物陰に身を隠していてもわからないような夜の庭で、こういう危険なことを言い出すとは。この浅はかさゆえに、日出男は一族から軽んじられているのだが、自分では理解できていないらしい。

「苔が生えたような年寄り連中を、これ以上のさばらせることはない。なんと言っても、御神木の声を聞けるのは、他来。お前だけなんだ」

冷ややかに答えた。

「それがわかっているなら、この手を放せ。俺には託宣の中に『日出男は災いのもとだ、殺せ』とつけ加えることもできる」

「こいつ！」

「腕を折る気か？　そういう真似《まね》をされると、なおのこと、託宣をつけ加えたくなるな。どうせやるなら、俺を殺して口を塞《ふさ》ぐところまで覚悟を決めておけ」

「……」

「だがお前が言ったとおり、俺が死ねば託宣が聞けなくなる。女が供物にならなければ、次の枝子は生まれない。最低でも一年かかるぞ。皆、目の色を変えて枝子を殺した犯人を捜すだろう。多少の金を持ち出して逃げたところで、いつまでもつか。泊まる場所にも食う物にも不自由し、人目を恐れて逃げ回る……そんな暮らしが望みか、日出男？」

腕をつかんでいた日出男の手がゆるむ。駄目押しのつもりで他来はつけ加えた。

「手を放せ。今のお前の話は、ただの冗談と思っておく。父たちに聞かれると、いろいろ煩わしいことになるからな」

黙っておいてやるという含みは、ちゃんと伝わったらしい。忌々しげに鼻を鳴らし、日出男は他来の体を突き飛ばした。

「出来損ないが、偉そうに……次の枝子さえ生まれたら、お前なんか用なしになるんだ！」

捨て台詞《ぜりふ》を残して背を向け、荒っぽく地面を踏み鳴らして、日出男は歩き去った。

他来はもう一度井戸に近づき、手拭いを濡らして絞った。触れられた喉元や腕を、何度も何度も、皮膚が痛くなるまでこすった。樹液がついた時より、さらに厭《いと》わしかった。

十年近く前に死んだ大叔父の言葉が、耳に甦《よみがえ》る。

『可哀相にな、他来。お前はわし以上に人間に近い。それでいて、枝子でもある。……生きていくには、つらいことが多かろう』

大叔父もまた、他来と同じ、枝子の役割を務めていた。

目が見えないうえ、足が弱くて杖《つえ》を使わなければ歩けなかったが、その分、枝子としての能力は自分より優れていた。他来は祠の地下へ行って木に直接触れなければ託宣を受け取れないが、大叔父は、祠に入るだけでよかったらしい。それればかりか、自室にいながらにして、屋敷内の様子をだいたい感じ取っていたようだ。

他来が中学一年生の頃、日出男や、今は屋敷を出た他の従兄たちに、集団で押さえつけられ悪戯《いたずら》をされたことがある。

日出男は当時三年生で、他来と同じ中学に通っていた。もともと勉強嫌いなため、その日も試験で最低の点数を取り、教師から『お前の従弟《いとこ》に教えてもらえ。ほとんどの教科で満点だそうだ』と皮肉を言われたらしい。

教師には何も言わなかった日出男は、帰宅してから鬱憤を他来にぶつけた。

枝子は大抵病弱で、屋敷に引きこもって一生を終える者がほとんどだった。昔は、親にあたる者が『うちの子供は病がちなので学校へ通うのは無理』と言えば、それで通ったらしいし、戸籍さえ持たなかった者もいたようだ。しかし時代が下って、そういうやり方を続けるのが難しくなった。大叔父が、『他来は健康に生まれついたし、外の世界を直接知っておく方がよいかもしれない』と口添えしたために、他来は普通の子供と同じように学校に通っていた。

枝子は、真葛生家の負の部分を担っている。人とは異質な存在として忌まれ蔑まれる一方で、託宣を受ける能力を持つがゆえに畏怖《いふ》されもする。

だが他来の場合、枝子でありながら、託宣を受け取る力が弱かった。

そのために侮られたのだろう。

最初は日出男が他来を一方的に罵っていた。他の従兄もそれに加わり、出来損ないの枝子とからかった。鬱陶しくて無視したが、その態度が従兄たちの反感を招き、子供っぽい残酷さと、成長期の淫靡《いんび》な好奇心を呼び起こしたらしかった。誰かが、他来が本当に枝子なのか、普通の人間とどう違うのか調べようと言い出した。

寄ってたかって押さえつけられ、服を剝ぎ取られた。傍観していた者までが仲間に加わり、笑いながら悪戯をした。あのまま続けば、行為はさらにエスカレートしたに違いない。

他来を救ってくれたのは、大叔父だった。

大叔父の部屋まで声が聞こえたはずはないが、気配を感じ取ったのだろう。不自由な足でよたよたと歩いてきて、『枝子の力はお前たちに計れるようなものではない。汚せば、御神木の祟《たた》りがあるぞ』と日出男たちを叱《しか》りつけ、追い払ってくれた。

二人きりになったあと大叔父は、悔し涙を懸命にこらえる他来を抱き寄せ、幼い子供にするように背を軽く叩いて、言ったのだ。『可哀相にな』と。

同じ枝子に生まれついた者として、大叔父は常に他来を気にかけてくれていたし、他来もまた、自分を出来損ないと呼ぶ父より、大叔父に親しみを覚えていた。

『他来、お前の気持ちはよくわかる。わしも先代と比べて、力が劣るとよく罵られた』

『大叔父さんが？　でも……』

『わしは祠に入らねば、託宣を聞けぬ。先代の枝子は……わしには伯母にあたる人だったが、祠に入る必要さえなかったのだ。自分の部屋で、床についたまま、その口から流れるように託宣を述べた。その代わり、立つことも動くこともできず、食事を摂《と》るのも下の世話もすべて人任せだったそうな。寿命は短く、三十になるかならずで死んだ。そのあとを継いだのがわしだ。枝子は代々短命だという話だ。他来の前に、一人生まれたことはすでに聞いておろう。お前には姉にあたる子だ、継枝《つぐえ》という』

他来は頷いた。父の豊仲は、継枝さえ生きていればと何度も嘆息し、自分を死んだ姉と比較して、出来の悪い枝子と蔑んだ。

それを言うと、大叔父はほろ苦く笑った。

『人というのはな、自分に都合の悪いことは忘れるものなのだ。確かに継枝は、枝子として優れていた。生まれた時には、わしはもはや用済みかと思ったほどだ。けれども、あの赤子は人よりも御神木に近すぎた』

『?』

『継枝はこの屋敷で生まれた。安産で、産婆を呼ぶ必要もなかったのは御神木のお力かもしれん。何しろあの子は、生まれ落ちてすぐ、目も開かぬうちから人の言葉を話した。産声を一声あげただけで、御神木の伝える言葉をひたすら述べ続けた。しかしな、そのために乳を吸う暇がなかった。すべての力は託宣を伝えることに振り向けられ、乳を吸わず、眠りもせず……生まれて十日もたたぬうちに、弱りきって死んだのだ』

他来は茫然として聞いていた。皆、継枝の話をする時は、その優れた能力を惜しむだけで、今大叔父が話してくれたような負の面は教えてくれなかった。

『どんな優れた枝子であろうと、死んではどうにもならん。……わしは思う。枝子の力は、人としての寿命を削《そ》ぐのではないかとな。わしがこうして六十まで生きていられるのは、枝子としての力が劣っているためかもしれん』

何も知らない人が大叔父を見れば、八十歳以下の年齢とは思わなかっただろう。髪は真っ白になり、渋紙色の皮膚には艶《つや》も張りもなかった。手足は枯れ木のように細かった。

『つらかろうが、我慢せい。あとわずかの辛抱だ、わしが死んだ後はお前がただ一人の枝子だ。御神木のお心を汲み取る役目は、他の誰にもできん』

『でも……俺、は……出来損ないの枝子で……』

『他来よ。これは誰にも言うな。……わしは、御神木のお力にも限りがあるのではないかと思っておる。どんな木にも樹齢があるように、御神木が老いても不思議はないと……』

『大叔父さん』

他来は驚いた。妖樹の力を疑うような言葉が、よりによって枝子である大叔父の口から出るとは思わなかった。

『そのために枝子の力が、代を重ねるほどに弱まってきたのではないかと思うのだ。しかしお前は、代わりに人としての健やかな体を与えられた。自分で外界のことに関する知識を蓄えて、御神木の弱りを補うのがお前の役目ではないかと、わしは思う』

大叔父は言葉を続けた。

『皆が何を言おうと、気に病むな。御神木に触れさえすれば、託宣を受けられるのだ。それで充分だ。……枝子は人と御神木の狭間《はざま》の存在ゆえ、つらいことも多い。しかしな、お前にしかできぬことがある。辛抱せい。な、他来』

光を映さない大叔父の瞳には、涙がにじんでいた。今思えば、あれは他来にではなく、先代と比べて劣ると言われ続けた大叔父自身に向けて言っていたのかもしれない。

とはいえ、当時の他来にとって、『お前にしかできぬことがある』という大叔父の言葉は力強い慰めになった。大叔父が死んでからは、なおのことだった。自分以外に託宣を聞ける者はいない。自分が真葛生家の繁栄を支えている。そう思っていた。

だが――自分のしていることは、本当に正しいことなのだろうか。

地下から連れ出した時の譲が、脳裏をよぎった。

自分の手を妖樹の蔓と錯覚したのか、全身を突っ張らせて拒否してきた。偽りの安堵を与えられたあとは、子供のように他来の着物を握りしめたまま、意識を失った。ひどく頼りなげで、哀れを誘う姿だった。

(あんなに、いやがっているものを……)

遠く、かすかな悲鳴が聞こえた。離れ家から響いてきたようだった。父たちに輪姦されている譲が、何かひどい真似をされたのかもしれない。他来は眉をひそめた。

一瞬、日出男が言ったように、託宣の中へ嘘を交ぜてみようかという考えが心をかすめた。自分以外に託宣を聞ける者はいない。御神木の言葉として、譲を解放するように言っても、父たちにはそれが嘘か本当か確かめることはできないのだ。

(……馬鹿な。何を考えている)

譲は種子を植えつけられてしまった。逃げられるわけがない。それ以上に自分は枝子だ。真葛生家を——親木《おやぎ》のもとを離れては生きられない。昔からずっと、そう言い伝えられている。

また、弱々しい悲鳴が聞こえた。

耳を塞ぎたい思いで、他来は自分の部屋がある棟へと足を向けた。


意識を取り戻した時、譲は一瞬、すべてが夢だったのかと考えかけた。今もまだ夢の中なのだろう、と。

高い天井、灰緑色の砂壁、青畳のにおいが混じった空気、身を横たえている布団のふくふくとしたやわらかさなど、まったく覚えのないものばかりだったせいだ。

(今度はどういう夢なんだろう? 高級旅館に泊まってるとかかな……)

なんでもいい、さっきの続きでさえなければ。

あれは本当にひどい夢だった。アルバイトの帰りに誘拐され、木の化け物に犯されて、そのあとは、何人もの中老年の男たちに輪姦された。全身をいじくられ、舐め回され、気持ち悪さと痛みに泣き叫んだ。どんなに許しを請うても、誰も助けてはくれなかった。

夢のなごりか、体中が痛む。特に尻は、熱を帯びてずきずきと疼《うず》いていた。次の夢に移ったというのに、まだ中に何か挟まっているような違和感が残って――。

「……っ‼」

譲は跳ね起きた。夢ではなく、すべてが現実なのだとようやく認識できたためだ。

八畳ほどの和室だった。そこに敷かれた絹布団に、自分は寝ていた。

掛軸がかかった床の間がある。風雅な竹の格子をはめた丸窓がある。部屋の隅には急須《きゅうす》や湯呑《ゆのみ》、菓子鉢のような物を載せた文机《ふづくえ》が置いてある。一瞬、高級旅館と勘違いしたのは、こういう物が視野の端に映ったのと、よく糊《のり》の利いた浴衣《ゆかた》を着せられていたせいだろう。

けれどここが旅館のわけはない。部屋と廊下を隔てているのは、障子でも襖《ふすま》でもなく、頑丈そうな木の格子だったのだ。

座敷牢《ざしきろう》、という言葉が頭に浮かんだ。

慌てて格子に飛びついた。端のくぐり戸は、押しても引いてもまったく動かない。よく見れば錠だけでなく、太い閂《かんぬき》まで使って戸締まりをしてある。廊下へ出るのは無理らしい。

床の間とは反対側の隅に、板戸がある。譲は身をひるがえして駆け寄った。こちらは施錠されておらず、難なく開いた。だが板戸の奥にあったのは、ただの手洗いだった。外へは出られない。

座敷牢の中へ戻り、丸窓の竹の格子を揺さぶってみたが、風雅に見えても、竹の中に鉄棒か何かを入れてあるのか、譲の力ではびくともしなかった。

完全に閉じ込められたと知って、気力が尽きた。譲は畳の上にへたり込んだ。驚愕《きょうがく》が醒めると、疲労感と下半身の痛みが戻ってきた。

「どうして、僕が……?」

まだ悪夢の中にいるような心地で呟いた時、足音が廊下を近づいてきた。

現れたのは他来だった。手に持っていた盆をいったん廊下に置いて、閂と錠を外した。

くぐり戸が開くのを目にした瞬間、譲は跳ね起きた。意志というよりは本能に支配された行動だった。

自分が体当たりをして長身の他来を押しのけられるか、あるいは廊下へ出たとして、その先逃げられるのか——冷静に考えれば無駄に決まっていたが、その時の譲にそこまで思考をめぐらせる余裕はなかった。ただ、この座敷牢から抜け出したかった。

しかし立ち上がろうとした瞬間、譲の胸に、針を刺すような痛みが走った。

「!?」

脚の力が抜けた。譲は再び畳にへたり込んだ。だが痛みは一瞬の後には、嘘のように消えてしまった。

その間に他来は中に入り、くぐり戸を閉めて、内側から鍵《かぎ》をかけてしまった。隙《すき》をついて譲が外へ飛び出さないようにだろう。

身をかがめ、譲の前に盆を押し出す。

「疲れているだろうが、少しでも食べておいた方がいい」

盆には、湯気の立つ粥《かゆ》が入った椀《わん》と散り蓮華《れんげ》が載っていた。白粥の真ん中に置かれた梅干しの赤い色が、胃を刺激した。勝手に口の中に唾《つば》が湧いてくる。けれども状況を考えれば、おとなしく粥をすすってなどいられなかった。

他来は机の前へ行き、茶を淹《い》れている。その背中に向かって問いかけた。

「ここ……この前、僕が洗濯機を配達した家ですよね。あなたは、確か、真葛生他来っていうんでしょう？　どうして、僕は誘拐されたんです？　あれは、あの木はいったい、なんだったんですか！　しかも、あのあと、大勢で、僕……僕を……どうしてあんなことを!!」

できるだけ冷静に尋ねようと思っていたのに、喋っているうちに感情が激してきた。

「なぜ僕が……いやだ！　もういやだ、こんなところにはいたくない!!　ここから出してくれ、出して……家に帰らせてください！」

泣きながら他来につかみかかった。しかし消耗しきっていた体の動きは、自分でも情けないほど鈍重だった。すばやくかわされ、逆に手首をつかまえられて、あっけなく畳の上に転がされた。

「諦《あきら》めてくれ。一人暮らしなのは調査済みだ。学校は夏休みだし、アルバイト先には君の携帯電話から、辞めるというメールを送った。誰も捜そうとはしないだろう。しばらくはここにいるんだ」

「なんで……だから、どうしてって訊いてるんです！　なぜ僕を、こんな目に……!!」

「君は御神木に選ばれた供物だ。これから毎夜、祠に捧げられる」

痛ましげな響きを帯びたその声を、譲は茫然と聞いていた。言葉の意味が、すぐには脳に伝わってこなかった。

「毎、夜……？　捧げるって、あんな……あの、ことを？　あれを、また？」

「……そうだ。この屋敷の習わしだ。生きた人間を御神木に供物として供え、そのあとは、屋敷の者たちが、供物のお下がりをいただくと称して……その……」

言いにくそうに視線を逸《そ》らして、他来は呟いた。

譲の脳裏に、祠から連れ出されたあとのことが甦った。壮年や老年の男ばかり、七、八人もいただろうか。

自分の体に付着した樹液を、不老長寿の御神水と言って嬉しげに舐め回した者がいた。御利益を得られるからと、自分の尻を抱え込み、容赦なく貫いた者もいた。しなびた肉棒を、無理矢理に口へ押し込んできた者、自分の手をとらえて股間へ導き、樹液の粘りをこすりつけさせ、そのまましごかせた者――。

「あ、あぁ……いやだ！　いやだぁーっ!!」

他来に両腕をつかまれたまま、譲は泣きわめいた。子供が駄々をこねるように背を反らせてもがく。ばたつかせた足が文机に当たり、湯呑が倒れて割れた。それでも譲はただひたすら身をよじってもがき、泣き続けた。そうでもしなければ、忌まわしい記憶に侵食されて、気が狂ってしまいそうだった。

どれほどの時間、泣いただろうか。

声が嗄《か》れ、体を動かす力がなくなった。譲は仰向けに転がったまま、荒い息をこぼして泣き続けた。他来が譲の腕から手を放した。

「決して、殺されるようなことはない。木が飽きれば解放される。それまで我慢してくれ」

「いつ……？」

解放という言葉に、勝手に口が反応し、問いかけていた。けれど他来は困惑の色を頬に掃いただけで、何も答えない。二日や三日ではすまないのだと理解し、譲の絶望は深まった。

他来は文机の方を向いて、こぼれた茶を拭いている。

その姿を追った譲の視線が、割れた湯呑に吸い寄せられた。

薄い磁器の破片は鋭くとがって、皮膚など簡単に切り裂けそうだ。

以前見た犯罪ドラマの一シーンを思い出した。逮捕されることを拒んだ主人公は、刑事たちの隙をつき、割れたガラスで自分の頸動脈《けいどうみゃく》を掻き切って死んだ。

死ぬ方がましという事態がもしあるなら、今がまさしくそれだろう。

(あれで、終わる……？　終わらせられる？)

そう思った瞬間、疲れきっていたはずの体が動いた。文机に飛びついた譲は、他来の横から手を伸ばし、湯呑の破片をつかんだ。

「何をする⁉」

狼狽《ろうばい》した声を聞きながら、譲は破片の割れ口を首に押し当て、俳優がドラマの中でやっていたように、頸動脈を切ろうとした。

けれども一瞬早く、鳩尾に小さな痛みが走った。

次の瞬間、それがむず痒《がゆ》く、くすぐったい感覚に変わる。何かが譲の体表面をすばやく動き回っている。

「あっ⁉　な、何……何が……く、はぁっ！」

異様な感覚に、喉を掻き切るだけの集中力が奪い去られた。

最初は、虫が何匹も、浴衣の中へ這い込んだのかと錯覚した。一匹は鳩尾から胸へ、乳首へと動き、また別の一匹は下腹部を這い、さらに別の虫が背中から尻の谷間へもぐり込む。

「なっ……よせ、やめ……えっ⁉　う、嘘だ、こんな……‼」

はだけた襟元から覗く自分の胸肌を見て、譲は悲鳴をこぼした。鳩尾に灰褐色の小さな突起があり、そこから細い蔓が何本も伸びている。それが自分の体を嬲っているのだ。

パニックになった譲は湯呑の破片を放り出し、蔓をつかんで引きちぎろうとした。だが細いのに恐ろしく強靭《きょうじん》で、切れない。しかも樹液で手がすべる。それればかりか――。

「ひ、あぁっ‼ いやだ……もう、やめてくれっ!」

後孔を犯される。乳首に巻きつき、こすられる。性器を撫で回され、しごかれる。祠の地下で犯された時と同じだ。思い出すと、恐怖と嫌悪は一層深まった。

蔓をむしり取ろうと無駄な努力を繰り返しながら、譲は泣き叫んだ。

「いやだ、助け……‼」

「やめろ!」

自分の悲鳴に、他来の声が重なった。気がつくと、他来は片手で自分の背を支え、もう片方の手を、譲の鳩尾にある、灰褐色の小さな塊に押し当てている。

「もういい、やめるんだ! 戻れ‼」

命じる口調を受け、蔓の動きが止まった。次の瞬間、蔓はすばやく縮んで、元の場所へ戻っていった。蔓がすべて引っ込んだのを見て、譲はようやく、自分の鳩尾に半分埋まっている丸い物が種子だと気づいた。あの妖樹のものに違いない。

「どうして……なぜ、なんですか?」

問いかけた譲に手を貸して座らせたあと、他来は湯呑の破片を片づけながら呟いた。

「いやだと言っていたから、いやなんだろうと思ったんだ」

「そうじゃなくて……いえ、あの、いやなんです！　すごくいやだから、助けてくれてありがたいです。だけど、僕が訊きたいのはそのことじゃなくて……」

言い回しが誤解を招きそうだと気づいて、譲は早口で訂正した。おそるおそる、自分の鳩尾に半分埋まった種子に手を触れる。指で押しても引っ張っても、動かない。

「これは……？」

「御神木の種だ。ごくまれに、気に入った供物に植えつけられることがある。自殺したり、逃げたりしないように。しばらくたつと、しなびて自然に取れてしまうようだが、それまでは体に傷をつけずに取り去るのは不可能だ」

鳥肌が立った。化け物に犯されるだけでさえ耐えがたいのに、体にその種子を植えつけられているなど、考えるだけでもおぞましかった。

湯呑の破片を懐紙に包み、他来は座敷牢を出ていこうとする。譲は必死に呼び止めた。

「待ってください！　さっき命令したら、蔓が引っ込みましたよね⁉　あなたなら、この種を外せるんでしょう⁉　助けてください、お願いです！　お願いですから……‼」

「それは無理だ」

振り返った他来は、首を横に振った。

「種とならどうにか同格で話ができる。だが外すのは無理だ。親木のしたことだから、俺は逆らえない。すまない」

「そんな……」

「無闇に自殺や脱走を考えるな。気配を悟れば、種は蔓を伸ばして君を止めようとするはずだ。今は俺の言うことを聞いたが、次もうまくいくとは限らない。枝子と種はあくまで同格でしかないんだ」

「枝子？」

耳慣れない言葉に問い返したら、他来はハッとしたように口をつぐんだ。廊下へ出てくぐり戸を閉め、元通り鍵をかけてしまった。枝子という言葉について教えてくれる気はないらしく、続いて言ったのはまったく別のことだ。

「用があればそこの呼び鈴を押してくれ。供物の務め以外の点は、できるだけ希望に沿うようにする。必要な物とか、食事の好みなどがあれば……」

譲はうなだれた。自分の希望は、今すぐここから出してもらうことだけだ。帰りたい。狭苦しいワンルームマンションが、これほど恋しく思えたことはない。帰りたい。帰って——。

「……あぁっ！　シロ！」

譲は大声をあげた。自分のことで頭がいっぱいで、忘れていた。マンションにはハムスターがいる。餌《えさ》を寝床に溜め込む癖があるから、一日や二日なら留守にしても大丈夫だろうが、長期間となれば話は別だ。

大声に驚いたのか、他来は廊下に立ち止まっている。格子に這い寄り、譲は必死で頼んだ。

「シロが……僕の部屋に、ハムスターがいるんです！」

「ハムスターって……鼠《ねずみ》みたいな、あれか？」

「そうです、ペットなんです！　放っておいたら死んでしまう!!　お願いです、連れてきてください！　入れてある巣箱ごと、ここへ持ってきてくれたら、僕が世話をしますから……大した物はいりません。野菜屑ならなんでも食べるし、おとなしくて、よく馴れてて」

他来が困惑顔で首を振った。

「気がつかなかったか。ここでは、蟬の声がしないだろう？」

「えっと、そういえば……でも、それが？」

「蟬だけじゃない。鼠もいないし、野良猫や野鳥もここには来ない。この屋敷は、植物はよく育つけれど、動物にはよくない場所らしい。昔、牛や馬を飼っていた頃は、祠から一番離れた場所を小屋にしていたようだ」

譲の体が震えた。あの妖樹が、動物になんらかの影響を及ぼしているのだろう。だったら人間はどうなのだと尋ねかけて、自分を犯した男たちの言葉を思い出した。自分の体についた樹液を、不老長寿の御神水と呼んでいた。供物を捧げることで、人間は妖樹の悪影響を免れ、逆に御利益を得るらしい。

「連れてくるのはやめた方がいい。きっと、その鼠にはよくないと思う」

「でも……放っておいたら、シロが、死……」

止まっていた涙がまたあふれ出した。他来が困ったように眉根を寄せる。しかし、譲に対して諦めろと告げるわけでもなく、立ち去ろうともしなかった。

そのことに力を得た譲は、他来の顔を見上げて懇願した。

「お願いします！　監視つきでいいから、僕をマンションへ帰らせてください。一日一回、いえ、三日に一回でもいいんです。シロの世話だけさせてもらえたら……逃げません、ここへ戻りますから！」

「無理だ。君を外へ出すことを、父が許すわけがない」

「そ、それなら……僕の代わりに、餌と水をやりに行ってくれませんか⁉」

他来が呆気《あっけ》に取られたように目を見開いた。

「……鼠に？　俺が？」

「そうです、お願いです！　でないとシロが死んでしまう……このことさえ聞いてもらえたら、僕は逆らいません！　なんでも言うとおりにします、お願いします‼　お願いします！」

頑丈な木格子にすがりつき、譲は頼み込んだ。当惑しきった表情で聞いていた他来が、溜息をついた。

「仕方がない。あとでやり方を教えてくれ」

「あ……ありがとうございます！」

「だが、他の者には絶対に言うな。俺が外出すると知れたら、いろいろ面倒になるんだ。明日、頃合いを見計らって行ってくる」

「は、はい！　誰にも言いません。よろしくお願いします。よかった……ありがとう、安心しました。本当に、ありがとうございま……」

「礼など言うな！」

安堵のあまり、何度も礼を述べようとした譲を、他来は不機嫌にさえ聞こえる声で遮った。びくっとして譲は口をつぐんだ。他来が背を向ける。

「忘れたのか。俺は、君の味方でもなんでもない。君を誘拐して、あの木の供物にしている連中の一人だ。たかが鼠の世話を引き受けたぐらいで……」

吐き捨てる口調に、怒らせたのかと思った。けれど他来の横顔は、眉間《みけん》に皺《しわ》を寄せ、唇を嚙みしめていて——不機嫌というよりはむしろ、苦しげに見えた。だがはっきりとは確かめられなかった。他来はそのまま廊下を歩き去っていった。

譲は格子につかまっていた手を放した。大きな息を吐き、格子にもたれて座り込む。

他来の言うとおりだ。誘拐され、木の化け物に犯されたうえ、何人もの男たちに輪姦される身の上に代わりはない。そして他来は、自分を誘拐した真葛生家の一員だ。

（でも……止めて、くれた）

自分を辱めようとした蔓を、止めてくれた。それだけではない。今にして思えば、洗濯機の据えつけに来た日、祠の前に迷い込んだ自分を帰らせようとしたのも、かばおうとしてのことではなかったか。

（そうだ。あの日、他来さんは父親って人に、僕が単なる覗き趣味で庭へ入ったって説明しようとした。でも僕が『呼ばれた』って、自分から言ってしまって……）

途端に、他来の父親は詳しい話を聞きたがり、値踏みをするように自分を眺め回した。あの時から、自分を供物にするつもりだったのかもしれない。いや、きっとそうだ。麦茶を運んできた大男は、気味が悪くなるくらい自分をじろじろ見たし、誘拐にも加わっていた。多分、何か言い含められていたのだろう。

そして自分は拉致《らち》された。

（確かに僕は供物のままなんだけど……助けてもらえるわけじゃないけど）

それでも他来は、真葛生家の他の人々とは、違う気がする。ハムスターなど知ったことかと突っぱねられても、仕方のない状況だったのだ。それを、自分の外出がばれると面倒なことになると言いながらも、引き受けてくれた。

（シロ……ごめん。しばらくは、世話してやれない。でもきっと、明日には他来さんが行って、新しい餌をくれるよ）

ふと、自分の食事のことが頭をかすめた。ペットの命が保証されたと思ったことで、ずいぶん気持ちが落ち着き、空腹を感じる余裕が生まれた。

布団の横には他来が持ってきた盆が置いてある。にじり寄って、椀を手に取った。湯気は消えていたが、まだ冷めきってはいなくて、ぬくみが掌《てのひら》に伝わってきた。粥のにおいが、ふわりと顔を包んだ。

散り蓮華をつかみ、譲は夢中になって白粥をかき込んだ。

アスファルトの照り返しが、むっとする熱気になって立ち上っている。運転手にここで待っていてくれるように告げて、タクシーを降りた他来は、譲のマンションへ入っていった。駅前を少し離れた、商業地と住宅地の狭間とでもいうべき場所だし、午後三時という中途半端な時間帯のせいもあって、人の姿はほとんどない。車もたまにしか通らない。繁華街のど真ん中などでなくて、本当に助かったと思う。

ずっと屋敷に引きこもっていたので、外出は大きなストレスになる。目立つのを嫌って和服をやめ、めったに着ない洋服に袖《そで》を通したのも、余計に緊張を強めていた。

エントランスホールで、エレベーターから降りてきた女性とすれ違った。Tシャツに色褪《いろあ》せたジャージーというラフな服装だったから、このマンションの住人だろう。他来を見て軽く目をみはったあと、玄関へ歩きながらも、わざわざ振り返ってこちらを注視していた。

不安になった。

（別におかしな格好はしていないと思うんだが……それとも、わかるのか？）

昔からそうだ。子供の頃はともかく、中学高校と進むにつれ、何もしていないのに眺め回されたり、道ですれ違ったあと、こちらを振り返ってひそひそ話をされたりした。特に、女によくそういう反応をされる。

（女は男に比べて勘がいいというから、俺が枝子だと気づかれてしまうのかな。枝子というものは知らなくても、とにかく、普通の人間じゃないと……）

他来が特殊な存在だと本能的に感じ取り、自分の動向に注意しているのかもしれない――そう思いついてから、人と会うのがいやになり、高校の最終学年は休みがちだった。卒業後は完全な引きこもりになった。

和服で通しているのは、洋服だと体型の変化に合わせて買い直さなければならないからだ。屋敷には古い着物がたくさんあるので、上げをほどいて自分の背丈に合わせれば、充分着られる。髪を伸ばしているのも、理髪店へ行きたくないせいだった。理容師の世間話に、うまく受け答えできない。今の髪型なら、伸びすぎたと思えば自分で一つかみにして裁ち鋏《たばさみ》で切ってしまえば片づく。

（だからといって、あの屋敷が好きなわけでもないんだが……）

しかし外出して人と接触するのは、本当に苦手だ。今日乗ったタクシーの運転手が無口で助かった。

ここへ来るのは二度目だった。初めに来たのは譲に頼まれた翌日で、今日はあれから二日たっている。生き物のことだから毎日世話をする方がいいのだろうが、とてもそう頻繁には屋敷を出てこられない。現に今日は分家の叔父に見つかり、引きこもりのお前がどこへなんの用で出かけるのかと、ねちねち問われた。託宣の一つと言ってごまかしたが、信じたようには見えなかった。

鍵を開け、部屋に入った。前に来た時、エアコンをつけっぱなしにして帰ったので、中は涼しい。

部屋の隅に、金網をかぶせた透明なプラスチックケースが置いてある。それがハムスターの住処《すみか》だ。譲に教わったとおり、水を新しいものに替え、食べ残しを捨てて餌入れを洗い、水気をよく拭いてから、配合飼料とヒマワリの種を多めに入れて、ケースの中へ置いた。

途端に、敷き藁《しわら》の中から、ハムスターが飛び出してきた。

「……うわっ！」

毛玉が指をかすめる感触にうろたえ、慌てて手を引いた。ハムスターは他来など眼中にない様子で、ヒマワリの種を貪《むさぼ》り食っている。

大きく息を吐き、他来は肩を落とした。譲には言わなかったが、自分は小動物が苦手だ。

毛皮のふにゃふにゃした感触や、力加減を間違えたらすぐつぶれてしまいそうな弱々しさが、不安で怖い。できれば触りたくない。

しかし譲の気持ちを思えば、自分もこの程度は我慢すべきだろう。

最初の日こそパニックを起こして泣きわめいたものの、その後の譲はきわめて従順だった。昨夜もその前の夜も、祠へ連れていかれ、供物にされたあとで、神木の御利益を求める屋敷の男たちに下げ渡された。

輪姦の様子を直接見てはいないが、譲が地下室で妖樹に犯されている間、自分は祠でことが終わるのを待っている。一部始終を聞いている。

譲の体は、少しずつ行為に慣れてきたのかもしれない。

最初の時のような絶叫や、苦痛の悲鳴が減り、甘い喘ぎやすすり泣きが増えてきた。それでも喘ぎの合間に、許しを請う言葉が何度も交じるところをみれば、供物の立場を心から受け入れているわけではなさそうだ。抵抗しても無駄だと悟って、諦めただけだと思う。

座敷牢にいる間の譲は、疲れきった顔で眠っているか、格子のはまった窓に哀しげな目を向けているかだった。風呂も着替えも食事も、言われるまま、模範囚のようにおとなしくこちらの言葉に従う。ただ、先日、『ハムスターの餌をやってきた。元気に走り回っていた』と告げた時だけは、ほっとしたような笑みを浮かべ『ありがとうございます』と頭を下げた。

心苦しかった。

(どのくらいたてば、木は飽きるだろう……?)

一週間か、一ヶ月か、それとももっと先なのか。譲の前に妖樹が求めた供物は、一ヶ月と少しでいったん解放されたはずだ。ただし彼女は、譲ほど強く呼ばれたわけではなかったらしい。当人にまで呼び声は伝わらず、他来の前の枝子であった大叔父が、妖樹の意を受けて、皆に伝え、手に入れるよう算段した。しかも解放されたあとに再び呼び戻された。妖樹の声を聞いていない供物でさえ、そうなのだ。

譲は、自分で妖樹の声を聞いている。

(それだけ強く求められたわけだから……解放されるのはもっと先かもしれない)

譲の心と体がもつだろうか。

供物に関する記憶を掘り起こし、過去の例と比べてみる。数百年以上前となると不明瞭《ふめいりょう》だが、ある程度は覚えている。

(一番最近は八年前。この時の女は一晩だけだった。しかしこれは呼ばれたわけじゃない。父たちが木のご機嫌伺いに、適当な女を見つくろって捧げたんだ。木の好みに合わなかったようだから、すぐ退けられたのも当然か。木の方から求めた供物の例に限れば……)

考えをめぐらせつつ、他来は部屋を出ようとした。譲の部屋の鍵がついた、魚の形のキーホルダーを指先に引っかけて、玄関のドアを押し開ける。

と、廊下から、驚いたような大声がかかった。

「譲⁉　帰ってたのか⁉　どうして連絡を……」

髪を明るい茶色に染めた、二十歳《はたち》ぐらいの青年だった。他来を見て当惑したように目をみはったあと、問いかけてきた。

「あ……。すいません、間違えました。でも、譲の知り合いの人……ですよね？　部屋に入ってるんだし。てか、そのキーホルダー、譲のだし」

「ああ、まあ……そんなような……」

曖昧な返事を受けて、青年が不審そうな表情になった。

「譲はいますか？　オレ、遠藤孝二っていいます。大学の二年上で、バイト先も一緒なんですけど、あいつ、急に店へ来なくなったもんで」

「アルバイトなら、辞めるとメールで連絡したはずだが」

「あいつは店の都合も聞かずにメール一通で辞めるような、いい加減なヤツじゃ……ちょっと待った。『まあ、そんなような』ってレベルの知り合いにしちゃ、詳しすぎませんか？　バイトを辞めたのを知ってるなんて。だったら理由もわかってるんじゃないですか」

痛いところを突かれた。

確かに理由はわかっているが、教えるわけにはいかない。

「譲！　オレだ、孝二だ‼　いるなら返事をしろ！」

黙っている他来の横から、半分開いたドアの中を覗き込んで、孝二は呼びかけた。狭いワンルームだから、中に譲がいないのは一目でわかる。

左サイドの髪を掻いてから、孝二は視線を他来に戻した。瞳に険しい色が加わっていた。

「あんた誰だ、譲はどこにいるんだ？」

口調までもぞんざいに変わっている。

「……親戚《しんせき》の者だ。事情があって、譲は留守にしているんだ」

「あんたみたいな親戚がいるなんて、譲から聞いたことはない。父方か、母方か、どっちの親戚だ？」

「必要がないから、言わなかっただけだろう。譲と俺は、それほど行き来があるわけじゃない。たまたまこっちに来る用があって、ペットの餌やりを頼まれたから、マンションへ寄っただけだ」

話の続きを拒否して、ドアに鍵をかけ、他来は孝二の横をすり抜けて立ち去ろうとした。

しかし孝二はすばやく前に回り込み、立ち塞がった。

「そんなはずはない。譲と一番親しいのはオレなんだ。なじみのない親戚に鍵を預けてまで世話を頼むくらいなら、オレに言うはずだ。あいつは内気で、オレがついてないとダメなんだから……携帯にかけてもつながらないし、譲が留守にしてる事情ってなんなんだよ？」

濃い眉を吊り上げて言いつのる顔は、むきになっているように見えた。それだけ譲のことを案じているのだろう。

心の中がざわついた。苦い思いがこみ上げる。

大学の先輩だというこの青年は、譲を心配する資格を持ち、こうして自分からマンションまで様子を見にきている。堂々と、譲の味方だと主張できるのだ。

自分は違う。譲を拉致監禁している加害者の一人だ。ペットの餌やりなど引き受けてみたところで、表面的な親切にすぎない。だからこそ譲に礼を言われて、心苦しかった。

(そうか……そうなんだ。俺に向かうべきじゃない)

譲の礼と微笑《ほほえ》みは、本心から彼のことを案じている人間に向けられるべきだ。

「少し待っていてくれ」

そう言い、他来は孝二の手を外すと今施錠したばかりの玄関を、再び開けて中へ入っていった。ハムスターが入ったプラスチックケースと飼料の箱を抱えて、廊下に戻り、孝二の手に押しつけた。

「譲が大事にしているペットだ。自分がマンションへ戻るまでの間のことを、とても心配していた。世話を頼む。俺は今度、いつここへ来られるかわからない」

譲が失踪した事情を話してもらえると期待して、待っていたのだろう。いきなり抱え込まされた大荷物に、孝二は当惑した表情になった。

「おい！　ちょっと待てよ、オレは……」

「遠い親戚に任せるくらいなら自分に世話を頼むはずだと、今言っただろう」

「言ったけど、そういう意味じゃ……それより譲は今どこにいるんだ⁉　どんな事情なんだよ、入院でもしてるのか⁉　場所くらい教えてもいいだろ！　つーか、オレは名乗ったのに、あんたはまだ自分の名前も言ってねェし……」

答えずに他来はエレベーターへ向かおうとした。ハムスターのケースを押しつけたからすばやく動けないだろうと思ったのだが、孝二はケースを床に置き、走って追いかけてきて、他来のサマージャケットをつかんだ。

「待てったら！」

ここで振り切らないと、面倒なことになる。他来は思いきり孝二を突き飛ばした。

「……てっ！」

不意打ちが効いた。孝二が尻餅《しりもち》をつく。

「何すんだ、この……‼」

悪いことをしたとは思うが、謝っている余裕はない。他来は通路を走り、エレベーターに飛び込んで、戸を閉めるボタンを押した。一階へ降り、道路に飛び出して、待たせておいたタクシーに乗り込む。

ドアが閉まって車が走り出した時、エントランスから走り出てきた孝二の姿が見えた。階段を駆け下りて追ってきたらしい。

タクシーを待たせておいてよかったと、他来は安堵の溜息をついた。これで無事に帰れる。

(……帰る、だと?)

厭わしくてならないあの屋敷——だが自分は今、ごく自然に『帰れる』と思った。それも安堵の思いを込めて。

自嘲《じちょう》の笑みが、口元に浮かぶのがわかった。結局は、あの屋敷の中が自分の居場所だ。学校に通ったこと自体、枝子としては異例だった。出来損ないと蔑まれながら家にいるのは苦しかったから、外へ出ていけるのは嬉しかった。

だが枝子という秘密を抱えているために、誰とも腹を割ったつき合いはできなかった。高校の頃、親しくなれそうだった少年はいたが、結局自分の方から拒絶した。他人の視線を自覚するようになってからは、居心地の悪さが増した。

高校を出たあとは、結局引きこもりになっている。

(出来損ないでも、枝子は枝子か……)

言い伝えのとおり、親木のもとを離れて生きていくことはできないのだろう。

他来はシートにもたれて目を閉じた。

第３章

「さて、次は俺のを飲んでもらうかな」

「んぅ、んっ……ふ……うぅ、んむ、うっ……」

猛《たけ》り立った剛直を口に押し込まれ、譲は呻いた。息が苦しい。だがどんなに頼んでも許してもらえないことは、これまでの経験でわかりすぎるほどわかっていた。

今、譲は四人の男に犯されていた。二度三度と犯されて、すでに全身精液まみれだ。

畳の上に仰向けになった一人の上に座らされ、後孔を貫かれたうえで、自分を取り囲んで立った三人に、口と手で奉仕させられている。

今夜も祠の地下へ連れていかれ、妖樹に犯された。それが終わったあとは、離れで四人の男が『供物のお下がりをいただく』と称して、譲を犯し始めた。

「……男だってわかった時はがっかりしたけど、意外と悪くないじゃないか」

下から譲を突き上げている巨漢が、息を弾ませながら呟いた。この男のことは、譲も覚えている。孝二と一緒に洗濯機を配達に来た日、麦茶を運んできて、自分をじろじろ眺め回した。あれは誘拐のための目標確認だったのだ。

譲に手でしごかせている一人が、苦笑いの混じった声で返事をした。

「おいおい。供物のお下がりは、愉《たの》しむためじゃなくて御利益をいただくために食うんだぞ」

「ふん。お前だって、これが三発目のくせに。よく言うぜ」

「まあまあ。落ち着けよ、二人とも。どうせ食うなら味がいいにこしたことはないさ」

「そのとおりだ。日出男はこの屋敷に住んでるし、昌義《まさよし》だって近いからいいだろうけど。俺なんか供物があるっていうんで、わざわざ飛行機と列車を乗り継いで久々に本家へ来たんだぜ。なのに二日も待たされて……これで供物が大味だったら、たまったもんじゃない」

「でもお前らはよその土地へ出てるから、好きに金を遣えるだろうが？　その点、屋敷にいる人間は、目立っちゃいけないってんで地味に暮らしてんだぞ。車は国産、派手に遊んでいいのは遠出した時だけ。御神木に気づかれちゃならないから他人を雇うのは禁止、家事は全部自分たちでやる、ってな。……馬鹿馬鹿しい」

「その代わり、代替わりの時の財産分けは、屋敷の人間が優先じゃないか」

「そのくらいの旨味《うまみ》がなきゃ、居残ってられるかよ。それなのに、供物を食うのも爺ばかりを優先しやがって」

巨漢は日出男という名前らしい。文句を言いながら腰を突き上げる。

この屋敷へ連れてこられたばかりの時は、混乱していて何がなんだかわからなかった。四日目になった今も、いやでたまらないことに変わりはないが、最初の驚愕はなくなった。そのせいか、自分を輪姦している男たちの会話が、耳に入ってくるようになった。

女はいなかった。配達に来た時感じたように、もともとこの屋敷には男しか暮らしていなかったようだ。さらに、別の土地に住んでいる親族まで呼び集めたそうだが、供物のお下がりを食する資格があるのは男だけと、昔から決まっているらしかった。供物にされるのがほとんどの場合女だったからなのか、妖樹の言いつけなのか、そこまではわからない。

とにかく譲は、毎夜、男たちに犯され続けた。

輪姦の順番を決めるのは、当主の豊伸らしく、年長者が優先されたようだ。

初日に譲を犯した老人たちは、役に立たない者も多かった。その分、行為は陰湿だった。どれほど手や口で奉仕しても、しなびた肉塊は勃たなかった。終わるあてもないのにしごかされ、しゃぶらされた。それればかりでなく、樹液を欲しがった老人たちに、股間や口、足の指に至るまで、全身を舐め回された。

今自分を輪姦している四人は、二十代後半から三十過ぎぐらいだろう。全員が現役の年齢だけに、老人たちのようにねちっこい凌辱はしないが、荒っぽい。

「ほら！　飲ませてやるから、もっと舌を使え!!」

口を犯している男が、つかんでいた前髪を引っ張って急《せ》かす。言われるままに譲は顔を動かし、唇とすぼめた頬の内側で肉棒をこすった。覚えたくもないのに、何度も強制されているうちに、覚えたやり方だった。

とがらせた舌先で尿道口を刺激した瞬間、前に立っている男が呻いて体を震わせた。

口の中に生臭い液体がほとばしる。

「ほら、残りも吸い取れよ。……こぼすな。全部飲むんだ」

欲情に濁った声で命じて、尿道に残った分まで吸わせたあと、男は肉棒を引き抜いた。

飲み込もうとしたが、一部が気管に入って譲は激しくむせた。苦しさのあまり、左右の男に奉仕していた手を放した。前にのめった体を、下にいる男のすぐ横へ手をついて支える。

咳《せき》が止まらない。

「おい！　誰が勝手にやめていいと言った！」

しごかせていた一人が、苛立《いらだ》った声で譲の片手をつかみ、引き上げる。咳の合間に、譲は哀願した。

「お……お願い、です……もう、許して、ください……」

疲労の限界だった。男たちに輪姦される前には、妖樹によって気を失うまで責められたのだ。もともと、スタミナのある方ではない。舌も手も疲れ果て、犯され続けた後孔は熱を帯びて、ずきずきと疼いている。

涙をこぼして頼む譲を見上げ、日出男は歯をむき出して笑った。

「馬鹿言うな。不老長寿の御神水を浴びまくってる供物が、少々のことでへたばるか。……ほら、ちゃんと腰を動かせよ」

「無理です、もう……やめ……」

「うるさい！」

日出男が譲の腰をとらえ、細い体を乱暴に揺さぶった。太く猛々しい怒張が容赦なく後孔を蹂躙《じゅうりん》する。肉が裂けるかと思う激痛が走る。

「い、痛いっ！　やめて……やめてくださいっ!!」

しかし誰も日出男を止めようとはしない。笑って見ているばかりだ。

殺されるのではないかという恐怖が、譲の心に湧き上がった。

彼らは譲を人間扱いしていない。妖樹に捧げられた『供物』という、御利益を媒介し、性欲を満たすための道具としか、考えていないように思える。

譲は泣き叫んだ。

「いやだ、助け……助けて！　もう許してください、お願いですから……!!」

「うるさいって言ってるんだ！　お前が自分から動かなきゃ、こっちで好きにやる。裂けても知らんぞ！　ほら、それでもいいのか!?」

嗜虐心《しぎゃくしん》をむき出しにした声で、日出男がどなった時だった。離れの外、庭に面した障子の向こうから、冷えきった声がかかった。

「……やめろ、日出男」

音もなく障子が開いた。濡れ縁に、白衣と白い袴を身につけた他来が立っていた。声ばかりでなく、表情にも温度というものが感じられない。

猥雑《わいざつ》な熱気を一瞬に冷まされて、皆が動きを止めた。

「怪我をさせるな。扱いには気を遣え」

他来が重ねて注意した。

一番先に反応したのは日出男だ。小馬鹿にしたように鼻を鳴らしたかと思うと、譲の腰をつかまえ、さらに荒っぽく揺さぶる。

「あっ、あぁっ！　痛い……やめ、て……ひ、ぁっ！　痛い、痛いぃっ‼」

「おお。悪いな。こういうやり方より、こっちの方がいいか？」

「やっ……いやだ、そこ……そこは……あうっ‼　ん、くぅっ……あ、あ、やめ……やめ、て、くださ……あああぁーっ！」

乱暴に突きまくるのをやめ、日出男は譲の敏感な場所を緩急をつけて責めた。さらに、手で譲自身を握って、弄ぶ。苦痛一色だった譲の悲鳴が、甘く崩れた。

日出男はにやにや笑って他来を見やった。

「えらそうに言うな。枝子は託宣だけ伝えてりゃいいんだよ。……とはいっても、出来損ないにまともな託宣が聞き取れるのかどうか、わかったもんじゃねえけどな」

「確かに俺は出来損ないの枝子だ」

揶揄《やゆ》を受け流し、他来は無表情のまま答えた。

「一方的に託宣を受け取るだけで、御神木と話はできない。……だからお前たちが供物に勝手な真似をして御神木を怒らせても、取りなすのは無理だぞ」

「……」

日出男が沈黙した。他の男たちも、落ち着かない様子で顔を見合わせた。駄目押しのように他来が告げた。

「その子は供物だ。御神木が飽きたわけではないんだ。そのことだけはよく覚えておけ」

他来は元のように障子を閉め、立ち去っていった。

一人が大きく溜息をつき、部屋の隅へ歩いてティッシュの箱をつかんだ。

「やれやれ……俺はもういいや、充分遊んだし」

「そうだな。一っ風呂浴びるか」

声を聞き、日出男がむすっとした顔で譲を突きのけた。白けて、続ける気がなくなってしまったらしい。

譲は畳の上に倒れ込んだ。体を支えるだけの力が残っていなかった。霞がかかった思考の中を、他来の言葉がくるくると回る。

(枝子……この前もそう言ってた。他来さんのことみたいだけど、なんなんだろう……?)

男たちは譲には目もくれなかった。

この部屋から風呂へ行くには、濡れ縁を通らなければならない。庭から丸見えの場所へ裸で出て行くのは、さすがにはばかられたのか、股間を拭い、浴衣を引っかけているようだ。

吐き捨てるような、日出男の声が聞こえた。

「畜生。出来損ないのくせに、人を馬鹿にしやがって」

誰かが冷やかすように笑った。

「日出男は昔から他来と合わないな」

「むかつくんだよ。まったく、なんだってこんな時の供物が男なんだ？　女だったら孕ませて、次の枝子を生ませることもできるのに」

譲は耳に神経を集めて、男たちの会話を聞き取ろうとした。

「他来は今いくつだ？　……えーと、二十五か」

「まだ次はいらないんじゃないのか。前の枝子と違って、体が弱いわけでもないし、一応託宣は聞き取れるんだから。松田《まつだ》の伯父さんの家が小火を出すこととか、持ち株会社が粉飾で株価を下げるとか、用地買収で土地が値上がりするとか……全部言い当てたじゃないか。出来損ないでも、枝子はやっぱり枝子だろ」

「御神水の影響もないしな。さっきの顔。見たか？　汁まみれでよがってる供物を前に、よくまあ平然としていられるよ。どんな爺でも勃ちそうな様子だったたってのに」

「できないんじゃないのか？　枝子は体が弱いって話だし」

「それはないだろう。……ほら、昔、やったじゃないか。日出男が言い出して、みんなで他来を押さえつけて、いじくり回してイかせて……」

淫猥な含み笑いが起こった。いやな空気だと譲は思った。他来は『枝子』という、譲にはよくわからない理由で、この屋敷の中で一種特別な立場に置かれているらしい。

昔話は続いている。

「もうあんな真似はできないな」

「確かに。今、他来のご機嫌を損ねたら厄介なことになる」

「あの時だって、先代の枝子に見つかって、こっぴどく叱られたじゃないか。正直、俺はあのあとしばらくの間、悪い託宣を下されるんじゃないかと、冷や冷やしてた」

「御神木が選んだ供物でないと、枝子を孕むところまではいかないみたいだし……しばらくは、他来がただ一人の枝子ってわけだ」

なんやかやと言いながら、部屋を出ていく気配がした。が、一人が敷居際で足を止めた。

「……おっと。こいつはどうする？」

「転がしておけばいいさ。これだけへばってりゃ、逃げ出せやしないだろ」

答えたのは日出男の声だ。いいことを思いついたというように、小さく笑ってからつけ加えた。

「そうだ。他来にさせればいい。どうせ祠へ行ったんだろう。障子を開けておけば、戻ってきた時に様子が見えるだろうよ」

「大丈夫か？」

「俺たちは普通の人間だからな、供物についた御神水に酔って、何をするかわからないじゃないか。供物を手荒に扱うなって言ったのは他来だぞ。枝子様のご忠告に従えば、放っておくしかないわけだ。掃除も供物の後始末も、全部やらせちまえ。……他来のヤツ、妙に供物をかばいやがる。だったら、あいつが何もかも世話をすればいいんだ」

咎められた意趣返しに、他来に雑用を押しつけようという腹づもりらしい。

「そうだな。放っておくか」

「ああ、臭ェ臭ェ。……早く洗わないと、においが染みつきそうだ」

「さっさと行こうぜ」

男たちは風呂場へ歩き去った。

一人残された譲は、全裸のまま畳に転がっていた。樹液と精液のにおいで吐きそうだし、体中がべたついて気持ちが悪い。けれども体を起こすだけの力がない。

(もう、いやだ。こんな……こんなこと)

涙が出てきた。

さっきの他来は、自分が怪我をしないようにかばってくれたのだろうと思う。けれど無表情な顔と、温度のない声からは、何を考えているのかまでは窺い知れなかった。

(軽蔑《けいべつ》されたかもしれない。いやだとかやめてくださいとか言っても、僕は結局……)

犯される姿を他来に見られていたというのに、感じる場所を突き上げられ、自分は嬌声《きようせい》をあげてよがり泣いた。思い出すと、いたたまれなかった。

せめて他来が再びここへ来るまでに、自分で起きて体を拭い、着物を羽織って肌を隠すらいのことはしておきたい。だが手をついて体を起こそうとしただけで、眩暈がした。

再び譲は畳に転がった。

と、植え込みがざわめいた。誰かが濡れ縁から座敷へ飛び込んできた。

「譲！　おい、大丈夫か⁉」

抑えた声で言いながら、譲を抱き起こす。ここで聞くはずのない声に、譲は愕然として、自分を支えている相手の顔を見上げた。

「孝二さ……‼」

「しっ！」

思わず叫びかけた譲の口を、孝二の手が塞いだ。

「大声を出すな。あの連中に聞きつけられる」

譲の口を片手で押さえたまま、孝二は周囲に視線をめぐらせた。風呂場の方から湯を使う響きや話し声が聞こえるが、誰かがこちらへ来る様子はない。

「今のうちに逃げよう、譲」

「孝二さん……どうして、ここが……」

「話はあとだ。とにかく逃げるんだ。他来ってヤツもすぐこっちへ戻ってくるみたいだし、急がなきゃ……畜生。あいつら、なんてひどい真似を」

後半の独り言めいた呟きを聞いて、譲の体がカッと熱くなった。

白い液体に汚れた自分の姿を見れば、何があったかは一目瞭然だ。けれども、もしかしたら孝二は今来たのではなく、どこかの物陰に隠れて、自分を救い出すチャンスを待っていたのかもしれない。いや、そうに違いない。だとしたら、日出男たちに輪姦される姿を見られ、よがり声を聞かれている。

「う、うっ……」

体が震え、口から嗚咽《おえつ》がこぼれた。

助けてもらえるのが嬉しい。だが痴態を見られたのは、あまりにも情けなく、恥ずかしかった。相手が警察官などの赤の他人ならまだしも、一番親しい先輩の孝二だからこそ、余計につらい。

譲の嗚咽を、安堵のあまりの嬉し涙と受け取ったのだろうか。

「泣くな。もう大丈夫だ。俺が助けにきたから。な。落ち着け」

優しく言って、孝二はいったん譲を放し、座敷の隅の乱れ箱から紺絣《こんがすり》の浴衣と帯を取ってきた。鷲《わし》づかみにしてティッシュを箱から引っ張り出し、譲の顔を拭う。

「急ぐから、とりあえず顔だけ拭いておこう。それより、こいつを着ろよ。外に俺の車が停めてあるから……歩けるか？　いや、いい。無理するな。俺が背負ってやる」

履き物は見つからないので、諦めた。素裸に浴衣一枚をまとい、帯を締めただけの譲を負ぶい、孝二は庭へ下りた。物陰に身をひそめ、木々の間を縫って進む。

運がよかったというべきか。誰にも会わずに裏口へたどり着いた。

「入る時は、塀を乗り越えてきたんだ。監視カメラや非常ベルがあったらどうしようかと思ったけど、警備会社のステッカーとか、貼《は》ってないし。一か八かでやってみたら、あっさり入れたよ。金持ちなのに、案外不用心だよな」

孝二の背中で話を聞き、譲は、それは多分あの妖樹の託宣があるからだと思った。

さっきの話では、妖樹が将来起こることを予知し、他来がそれを聞き取って屋敷の者たちに伝えているようだ。小火や土地の値上がりを当てたそうだから、きっと強盗や泥棒も予知できるのだろう。

今回はたまたま、他来が託宣を受けにいくのと孝二の侵入が入れ違いになったか、あるいは他来がその部分の託宣を受け取り損ねたか――。

「どうした、譲？　大丈夫か？　具合が悪いのか？」

返事がないのを案じたらしく、孝二が問いかけてきた。

「平気、です。ちょっと、その……疲れて」

「そうだな。可哀相に。でももう、何も心配しなくていい」

内側から鍵を開けて、屋敷の外へ出た。道路に、見覚えのある孝二の軽自動車が停めてあった。孝二は譲を後部座席に座らせ、自分は運転席に乗り込んで、ドアを閉めた。

車が走り出した。

譲は茫然としていた。なんだか信じられない。こんなに簡単に脱出できていいのだろうか。供物の役目に疲れ果て、逃げたいと願うあまり、リアルな夢を見ているのではないのか。

運転席の孝二がルームミラーで自分に視線を当てて、問いかけてくる。

「大丈夫か、譲？　なあ、いったい何がどうなってるんだよ……ずっとあの屋敷に監禁されてたのか？」

「孝二さん……」

答えようとしたが、うまく声が出なかった。しゃんと座ることさえできず、シートとドアが作る角に体を預けて、もたれかかっているのが精一杯だ。

自分は本当に助かったのだろうか。あの現実離れした屋敷の囚《とら》われ人——妖樹に供されたあとは、他来以外の屋敷の男たちから輪姦されるという状況から、抜け出せたのだろうか。まさか孝二が助けにきてくれるとは思わなかった。

「あ、あの、屋敷の……僕……ぼ、くは……う、うっ……」

かろうじてこぼした言葉が、途中から嗚咽に変わる。孝二が慌てた顔になり、押しかぶせるように言った。

「いい。悪かった、喋らなくていいから。話はあとだ、休んでろ。寝ててもいいぞ。……大丈夫か？　怪我はないのか、病院へ行くか？」

　譲は夢中で首を左右に振った。病院へ行けば、何をされたか話さなければならない。

「だけどお前、その……ひどい目に遭ってたっぽいし……」

「いやです！　いやだ、絶対に行かない……!!」

　悲鳴に似た声に慌てたらしい。孝二が口調をやわらげた。

「わかった、わかった。落ち着け。とにかく、どこかでゆっくり休もう。オレの家へ来るか？　お前のマンションは、あの屋敷のヤツらに知られてるし……とにかくオレに任せとけ」

　車は夜の田舎道を疾走していく。視線を窓へ向けると、まばらな人家の灯が後ろへ流れ去っていくのがわかった。あの忌まわしい屋敷から遠ざかっているのが実感できて、涙がぼろぼろこぼれてきた。

　運転しながら、孝二は話し続ける。

「お前がメールだけでバイトを辞めちまうなんて、おかしいと思ったんだ。そんな無責任なヤツじゃないもんな。でも携帯にかけてもつながらないし、マンションへ行っても留守だし。実家にも電話してみたけど、帰省してないって言われて」

「知らせたんですか……？」

「いや。単に、『急いで連絡したいことができた』って言っただけだ。お前、義理のオフクロさんと折り合いがよくないんだろ。余計なことは言わない方がいいと思ったんだ」

感謝を込めて、譲はミラーに映る孝二の顔を見つめた。

「心配で、今日の午後、お前の部屋へ行ったんだ。そしたら出くわしたんだよ、他来ってヤツにさ。お前の部屋の鍵を持ってた。それも合鍵なんかじゃなくて、お前が持ってた魚のキーホルダーがついてるじゃないか」

譲は小さく頷いた。マンションの鍵だけでなく、アルバイト先のロッカーの鍵も同じキーホルダーにつけていた。孝二が見て、魚が口をぽかんと開けた顔が間抜けでおかしいと、面白がっていたことがある。だから印象に残っていたのだろう。

「絶対お前の居所を知ってるに違いないって思ったよ。正面から訊いてみたけど、白を切られた。オレにハムスターを押しつけて、逃げやがんの」

そういえば、今日の夕食を運んできた時、他来が言っていた。自分は今後外出できるかどうかわからないので、ちょうど来合わせた孝二に預けたと。

「はい、他来さんに聞きました。友達みたいだったから、預けたって」

「他来さん？」

孝二の声がとがった。

「なんなんだよ、その親しそうな呼び方は」

「だって、年上なのに呼び捨てにはできないし……あの人は、あの人だけは悪い人じゃないんです。みんながうるさいからあまり外出できないって言ってたのに、僕の頼みを聞いて、シロの餌やりを引き受けてくれて……シロはどうしてますか？」

「オフクロが大喜びで世話をしてるよ。前から飼ってみたかったんだとさ。それにしてもお前、自分を誘拐した相手に、ハムスターの餌やりを頼んだのか。お前もお前だけど、誘拐しといてそんなことを引き受ける方も、どうかしてるな」

「他来さんは違うんです。僕を監禁することに反対してたみたいでした。あの人だけは、僕をかばってくれて……」

当主の豊仲以下、真葛生家にいる男たち全員が、自分の体を『供物のお下がり』と称して貪ったのに、他来だけは加わらなかった。そのことを思い出し、譲は他来をかばった。

苛立たしげな色が孝二の目を走った。

「馬鹿。お前を攫《さら》ったヤツらの仲間だってことには変わりないだろ。本当に味方なら、逃がしてくれるはずじゃないか。表面的に優しくされたからって、手なずけられて……ったく、譲はお人好《ひとよ》しだ。これだから目が離せないんだよ」

孝二の言うとおりかもしれない。他来は自分の体に気を配り、ハムスターに餌をやってほしいという願いまで聞き届けてくれたが、逃がしてくれという最大の願いはかなえてくれなかった。

それでも、あの冬の海を思わせる暗い瞳を思い出すと、『表面的な優しさ』という孝二の言葉には同意しかねる。

きっと他来は、自分の知らない、何か深い事情を抱えているのだ。

しかし夜の闇にまぎれ真葛生家に忍び込んでまで、自分を助け出してくれた孝二に向かい、これ以上反論はできなかった。

黙っている譲を見て、納得したと思ったのか、孝二は口調をやわらげて話を続けた。

「白を切られたけど、あいつの顔を見てたら思い出した。以前、従姉の卒業アルバムで見たことがあったんだ。真葛生家の跡取り息子だって教えられたし、ちょっと目立つ顔だから印象に残ってたんだよ。あの時と比べて髪が伸びてたけど、オレは人の顔を覚えるのは得意なんだ。……考えてみれば、あの家に洗濯機を配達した時、お前が妙なことを言ってたし。怪しいと思って、ここへ来てみた。それで庭に忍び込んだら、あの離れみたいな建物から、お前の声が……」

そこまで言って、孝二は言葉を切った。不自然な沈黙が落ちた。

譲はうなだれた。

やはり自分が輪姦されてよがり狂うのを、孝二は庭で見ていたらしい。四人を相手にしては勝ち目がないと判断して、譲を救出する隙を窺っていたのだろう。あの状況を知られたと思うと、恥ずかしくて情けなくて消え入りたくなるが、孝二にしてみれば、相当な危険を冒して助けにきてくれたわけだ。

「孝二さん、すみません……ありがと……ござい、ま……」

「馬鹿。水くさいこと言うな」

「でも……僕はただ、後輩っていうだけなのに」

同好会の中では一番親しかったし、アルバイトを紹介してくれたとはいえ、もともとの関係は大学の先輩後輩にすぎない。その孝二が来てくれるとは思わなかった。

孝二が眉間に軽く皺を寄せ、呟いた。

「馬鹿言うなよ。心配してたんだ。ずっと」

「すいません、心配かけて……」

「だからそうやって、他人行儀に謝るなって。オレは三人兄弟の末っ子でさ。譲のことは弟みたいに思ってるんだ。お前が消えたら、捜すのは当たり前じゃないか。……無事で、本当によかった」

孝二の声には、真摯《しんし》に自分を案じてくれる響きがある。新たにあふれ出た涙を、譲は指先で拭った。

だが、その時だった。

すうっ、と何かが胸肌を撫でた。ごくかすかな、風に吹かれた髪の毛一筋が当たったほどの弱さだったが、無機物の偶然の動きではなかった。明確な意志を持って、譲に触れてきた。

(あ、あっ……!!)

この感覚を、譲は知っていた。

蔓だ。

屋敷からは逃げ出したものの、自分の体に植えられた種子はそのまま残っている。あれが、いつかのようにまた芽吹き、蔓を伸ばし始めたのだ。

浴衣の前をはだけて、あの蔓をむしり取りたい。けれど以前の経験で知っている。蔓は細くても強靱で、素手では絶対にちぎれない。それに今襟元をくつろげたら、孝二に見られてしまう。自分が体に種子を植えられ、蔓に嬲られていることを――今まであの屋敷で、単に男たちに輪姦されていただけではなく、異形の化け物にまで犯されていたことを。

蔓が静かに這い回る。胸元だけでなく、脇、背中、鳩尾付近、そしてゆっくりと下降して下腹部へと――。

（あ……いや、いやだ……こんな……）

孝二が、すぐそばにいるのに。

浴衣の上から蔓を押さえて動きを止めようとした。だが細いうえに粘液を分泌する蔓を、布地越しに押さえようというのが無理だった。

「……っ！」

胸肌を這う蔓が、乳首を撫で回している。背中を伝い下りた蔓は、さらに伸びて、尻に届いた。双丘の谷間をすべり、その奥のすぼまりを、先端で軽くつつく。侵入を拒もうと譲は息を止め、下半身に力を込めた。

しかし別の蔓が、脇腹をくすぐるように動いた。

「は、ぁっ……」

息がこぼれ、思わず力が抜ける。その瞬間、ぬるっとした感触とともに、細い先端が後孔に押し入ってくるのがわかった。

「あ……!!」

「何か言ったか?」

運転席にまで聞こえてしまったらしい。孝二がルームミラーを見上げる。譲は必死で表情を取り繕い、首を左右に振った。

「な、なんでもありません。……ちょっと、疲れて」

「ああ、そうか。そうだよな。寝てろよ。オレの家に着いたら起こしてやる。……心配すんな。姉貴が就職で家を出て、部屋は空いてるんだ。いつまででもいていい」

「は、い……」

どうにかごまかした。

けれどもその間も、蔓は譲を責め続けていた。

撫で回されてとがった乳首に巻きつき、引っ張る。下半身を襲い、袋や竿《さお》を弄ぶ。

胸に植えられた種子から伸びた細い蔓には、イボ状の葉がたくさん生えている。その蔓が何本も何本も、譲の下腹部でさわさわとうごめく。表面の突起が、敏感な皮膚や粘膜をこすり続ける。

意志に逆らって、自分自身が硬く勃ち上がる。

「……っく、ぅ……」

譲は懸命に歯を食いしばった。

気を抜くと、すぐに喘ぎがこぼれてしまいそうだった。

後孔への侵入は、一本だけではすまなかった。蔓自体が細いだけに、粘液のぬめりを借りれば中へ入るのはたやすいらしい。拒もうとしても、別の蔓に乳首や性器を責められて、ふっと力が抜けた瞬間、すばやく侵入してくる。三本、いや、すでに四本か五本は入っているだろうか。

深く深く押し入ろうとするもの、前立腺《ぜんりつせん》の裏側を押して責めてくるもの、小刻みにピストン運動をして、イボ状の突起で入り口付近を刺激するものなど、それぞれが別個の動きで、譲を内側からいたぶった。

(いやだ、こんな……先輩が運転してる車の中で、こんなことを、されて……)

息づかいが激しくなっているのが、自分でもわかる。

妖樹はいつやめてくれるのだろう。孝二に気づかれてしまったら、どう言い訳をすればいいのだろう。

身を固くして声を耐えていると、孝二の声が聞こえた。

「譲。お前今、ガムか何か噛んでる？」

「い……いいえ」

「そうか。甘ったるいにおいがすると思ったんだけど……そうだ、腹は減ってないか？　コンビニを見つけたら飲み物か食い物を仕入れるから、少し待ってろよ。ったく、このあたりときたら田圃《たんぼ》ばっかなんだから」

返事ができなかった。孝二が嗅《か》いだのは、妖樹が分泌する粘液のにおいだろう。気づかれても無理はない。執拗《しつよう》に蔓に弄ばれている乳首のあたりは、紺絣の色が変わるほど液が染みているし、下腹部から尻にかけても、粘液にまみれきってぬるぬるだ。

黙ったままの譲に、前部座席から心配そうな声がかかった。

「おい？　具合悪いんじゃないのか。さっきから息が荒いぞ、苦しいのか？」

「大丈、夫……です……」

「そんなこと言ってっけど、顔が真っ赤じゃん。汗も出てるし。やっぱり病院へ寄った方がよくないか？」

「いや、です……病院、には、行かな……ああぁっ！」

性器を嬲っていた蔓の先端が、不意に尿道口を犯した。譲は悲鳴をあげてのけぞった。

「譲っ!?」

急ブレーキの音を響かせて、車は夜の農道に停車した。

前にのめった譲の体がシートに当たって跳ね返され、後部座席に倒れ込む。上体を起こす力は残っていなかった。蔓が全身を弄んでいる。転がったまま、譲は喘いだ。

「あ、あぁっ……やっ……や、め……んんっ！　あ、はぁっ……‼」

「大丈夫か、譲⁉　どうしたんだよ⁉」

慌てふためいた孝二の声が聞こえる。けれど返事などできない。細い蔓が行ったり来たりして、尿道を犯し続けている。亀頭部や笠の裏に粘液を塗りつけ、こすり上げる。後孔も、腿も、脇も、背中も、胸も――蔓はありとあらゆる場所を這い、譲の敏感な場所を探り当て、責めてくる。

シートに倒れて身をよじる譲の姿を見て、ただごとではないと思ったらしい。孝二はいったん車外へ出て、後ろのドアを開けた。譲の肩をつかんで揺さぶる。

「おい！　いったい、どうし……うわっ⁉」

その掌の下で、蔓がうごめいた。浴衣越しとはいえ、異様な感触ははっきり伝わったらしい。孝二が悲鳴をあげて手を放した。

譲は喘ぎの合間に懇願した。

「いや、だ……孝二さ……あっ、あ……触らない、で、くださ……」

「な、なんなんだ、今の⁉」

「やっ、あぅっ！　お、お願いです、放っておいてくださ……ひぁっ！　い、いやだっ、そこは……!!」

孝二と妖樹の蔓、両方に向かって譲は訴えかけた。だがどちらも聞き入れてはくれなかった。蔓は一層激しく、そして巧みに、譲を責め立てる。孝二は孝二で、粘液に濡れて透けた浴衣の下で、這い回っている物体に気づいたらしい。

「なんなんだ、譲！　見せてみろ!!」

襟元に手をかけ、思いきり左右に引いた。譲の胸がむき出しになり、粘液の甘ったるいにおいが車内にあふれ出した。

「なっ……!!」

孝二が声をのむ。

居たたまれなくて譲は顔をそむけた。わかってはいても、直接目で見てみると、あまりにも異様な光景だった。

胸に植えつけられた種子から、何十本も細い蔓が生え出て、自分の体の上を這い回っている。脇を撫で、乳首をつつき、へそをくすぐり——そして半分以上の蔓が、帯の下へもぐって、下半身を襲っていた。

浴衣の下には何も身につけていない。股間の部分の布地が盛り上がっているのが、恥ずかしくてたまらない。異形の怪物にいたぶられて感じていることの、明らかな証拠だ。

「な、なんだよ、これ!? 大丈夫か、譲、すぐ外してやる!」

さすがに茫然として後ずさったものの、一瞬ののちには我に返ったらしい。孝二はシートに倒れている譲に半分覆いかぶさるようにして、胸肌を這う蔓に手を伸ばした。つかんで引きちぎろうとしたようだ。

だが、切れない。

蔓自体が恐ろしく強靱なうえに、粘液ですべるため、しっかりつかめないのだろう。

「やめ、て、くださ……無理、だ、から……」

譲は孝二を押しのけようとした。化け物に触られてよがっている無様な姿を、これ以上見られたくなかった。下手をすれば孝二まで蔓に襲われるかもしれない。

しかしその瞬間、二本の蔓がすばやく伸びた。

「あっ……」

譲の両腕に巻きつき、ものすごい力で締めつけ動かして、頭上へ引っぱる。肘《ひじ》を折り曲げ、頭の後ろで手を組む形を取らせたうえで、両手に何重にも巻きついた。

譲の両手は蔓にしっかりと拘束されてしまった。

「くっ……い、いやだ、こんな……」

譲の目に涙がにじんだ。

さっき孝二が浴衣をはだけさせるまでは、服に隠れて見えないところでだけ活動していたのに、今の動き方は、見つけられて居直ったかのようだ。

孝二がもう一度手を伸ばし、譲の体に巻きついた蔓をつかんで力任せにちぎろうとした。だが無駄だった。孝二の努力を嘲笑《あざわら》うかのように、粘液のぬめりを借りて蔓はすべり動き、譲のすでに硬くとがっている乳首をつついた。

「あ、はぁっ……もう、許し……」

「ゆ……譲っ！　くそっ!!　待ってろ、工具箱の中にカッターが……うわっ！」

「孝二さん!!」

譲は叫んだ。蔓が長く伸びて宙に浮き、孝二の手首にからんだのが見えたからだ。自分だけでなく孝二までもが妖樹の餌食《えじき》にされてしまう——そう思った。

けれどもそうではなかった。

工具箱を取りに行かれるのを嫌ったらしい。蔓は孝二の手首を前部座席のヘッドレストに拘束しただけで、それ以上構おうとはしなかった。

その代わりのように、一層激しく、集中的に譲一人を弄び始める。細い蔓が器用に動いて帯を解き、浴衣を完全にはだけさせた。逃げ出す時に履き物を探す余裕がなかったから、譲は裸足《はだし》だ。脱げかかった浴衣が腕にまとわりついているだけの姿で、脚を深く曲げられた。

「や……やめてくれ！　こんな格好……あぁぁっ!!」

何もかもがむき出しになった。

何本もの蔓に侵入を許している後孔も、弄ばれて勃ち上がった乳首も、限界まで張りつめ、それでいて、根元を締めつけられ、先端を蔓に犯されて栓をされているために、達することができない性器も——恥ずかしい場所のすべてを、晒《さら》してしまった。

孝二が生唾を飲んだのが聞こえた。

大学に入って以来、世話になりっぱなしの、優しい先輩だ。譲にとっては今一番親しい相手だ。

だからこそ浅ましい姿は、見られたくなかった。

真葛生家の男たちに輪姦されて乱れ狂い、よがり声をあげていた自分は、どれほどいやらしく淫らな人間と思われたことだろう。それなのに今は人間でさえないものに——異形の化け物に弄ばれて、感じている。

「いやだ……いやだぁっ！　見ないでください、孝二さん！　お願いです、お願いだから……ひ、ぁっ！　もう……もう、許し……あ、あぁーっ‼」

わずかに残っていた自制心を失い、譲は子供のように大声で泣きわめいた。

孝二がいる側のドアは開いたままだ。譲の悲鳴が車内からこぼれ出て、夜の空気を震わせる。だが周囲は田と畑と、雑草のはびこる休耕田だけで、人の気配はない。どれほど泣き叫んでも、助けが来ることはなかった。

大きく脚を広げた恥ずかしい姿勢を取らせたまま、蔓はなおも譲を責め続ける。

「ゆず、る……」

孝二の声が聞こえた。いつもと違って、うわずった口調だった。

譲はハッとして視線を向けた。

孝二の手をヘッドレストに縛っていた蔓は、いつのまにかほどけていた。自由の身になっているのに、逃げ出そうとも工具箱を取りに行こうともしない。熱を帯びて濁った眼が、譲の痴態を凝視している。はっきり聞こえるほど、息づかいが荒い。

普段の、快活で世話好きな好青年の表情が、消えていた。

「こ……孝二、さん……？」

まさか、と思いながら呼びかけた時だった。

譲の後孔を犯していた細い蔓が、いっせいに動いた。五、六本入っていただろうか。それが狭い肉孔を全方向へ引っ張って、広げる。

「うあぁっ！　いやだ‼　こんなっ……‼」

譲は悲鳴をあげた。

孝二は自分の真正面にいる。こんなふうに穴を広げられたら、奥の奥まで見えてしまうかもしれない。懸命に身をよじってもがき、せめて体の向きを変えようとした。

その動きが、見る者の理性をはじき飛ばしたのだろうか。

「……譲っ！」

呻くような声をこぼし、孝二が譲の上に覆いかぶさってきた。慌ただしくカーゴパンツに手をかけ引き下ろしながら、一秒も待てないかのように、粘液まみれになった譲の胸肌に顔をこすりつける。

「やっ……やめてください、孝二さん！　孝二さんっ⁉」

孝二は答えない。硬くとがった乳首を口に含んで、吸った。

「ふ、ぁっ……」

蔓につつかれ巻きつかれるのとはまた違った刺激だった。快感を隠せない喘ぎに力を得たのか、孝二はそのまま舐め回し、甘嚙みした。

「いや……いや、だ……やめ、て、くださ……」

「嘘をつくな。譲」

欲情に濁りきった声で言い、孝二が体の位置をずらした。カーゴパンツと下着を脱ぎ捨てたのか、下半身に素肌が触れるのがわかった。内腿に押しつけられた熱く硬い感触がなんなのか、わかりすぎるくらいわかっている。譲は懸命に身をよじり、逃れようとした。

けれども蔓に拘束されていては、どうにもならない。

「お前、自分が今どんなエロい顔してるか、わかってんのか。オレにそんな顔を見せて、声を聞かせて……何が『いや』だ、この野郎。人の気も知らないで」

熱に浮かされたように呟きながら、孝二は蔓に締めつけられている譲の肉棒を握った。しごき始める。

「だ、だめだっ！　孝二さん、放し……うぅっ!!」

「びくびく震えてる。気持ちいいんだろ。いいって言えよ。……なあ、譲。オレに触られて、気持ちいいって言ってみろ」

しごきながら囁いたあと、孝二は譲の耳孔《みみあな》を舌で犯し始めた。右手の動きは止めない。

「あっ、あ……許し……許して、くださ……ふ、ぅっ……」

蔓は、譲に対しては逃げられないよう、抵抗できないように両腕を拘束し、脚を広げさせているものの、孝二の動作に対しては一切邪魔をしないらしい。むしろ協力するつもりなのか、孝二が触れる場所にいる蔓は、あっさり離れていく。性器を縛めていた蔓も、同じことだった。するりとほどけた。限界まで張りつめているのに、不意に締めつけが消えた。

「……あぁっ！」

破綻《はたん》を予感し、絶望的な悲鳴が譲の口からこぼれた。次の瞬間、最後まで残って尿道を犯していた細い蔓を、孝二の左手がつかまえ、勢いよく引き抜いた。同時に右手が、譲自身の先端を揉むように弄ぶ。

「くううぅっ……!!」

尿道の内側をこすられる刺激と、敏感な亀頭部を指の腹で揉まれる快感には抗《あらが》えなかった。譲は勢いよくほとばしらせた。樹液の甘いにおいに、精臭が混じる。

孝二は手についた白濁液を、譲の口元にこすりつけた。

「舐めろ、譲。自分の汁だ。オレに触られて、イッた証拠だよ」

「孝二、さん……孝二さんっ！　もうやめてください、お願いですから……!!」

譲は顔をそむけた。しかし強引に口へ指を押し込まれた。どんなにいやでも、今までずっと親切にしてくれた先輩の指を、噛むわけにはいかない。命じられるままに譲は孝二の指についた精液を舐め取った。苦味が舌にまとわりついた。

「うまいか？　自分の汁は……」

孝二が荒い息の合間に囁きかけてくる。

「ん、んぅ……うっ……」

「気持ちよかったんだろ。だから、イッたんだろ？　なあ、もう一回してほしいか。してほしいよな、譲。オレに……されたいよな？」

相変わらず、熱に浮かされた口調で言いながら、孝二は譲にしゃぶらせていた指を抜いた。蔓に巻きつかれてM字開脚の格好になっている譲の下半身を、しっかりと抱える。

譲は涙をこぼして、孝二の顔を見上げた。

「い、いやだ……もう、許してください……」

首を左右に振ったものの、もはや何をしても無駄だとわかっていた。

いつもなら明るく陽気な光をたたえている孝二の瞳が、今は濁った欲情にたぎっていた。

表情だけでなく、口調も言葉も、普段とは違う。自分を『供物のお下がり』と呼んで輪姦した、真葛生家の男たちと同じ気配に染まっている。

熱い怒張が後孔に触れた。

「あ、あっ！　いやだ、孝二さん‼　やめて、く……あああぁっ！」

押し入られた。

譲の尻を犯していた蔓は、いつのまにか全部抜けていた。孝二に場所を明け渡したのかもしれない。だが樹液のぬめりはそのまま残っている。

それを潤滑液にして、孝二は容赦なくねじ込んでくる。

嬲られ、ほぐされていた譲の体は意志とは無関係に、猛り立った肉棒を受け入れた。拒もうにも、蔓が孝二に手を貸すかのように、譲の脇腹や乳首や会陰部を撫で回し、弄んでいる。体に力が入らない。

(どうして……孝二さんまでが、こんな……)

親切で頼りになる先輩だと思っていた。いい人だと好意を持ち、慕ってはいた。けれどそれはあくまで、兄に対するような感情だったのだ。こんな関係になることなど、考えてもみなかった。

いったん根元まで突き入れたあと、孝二が荒々しく腰を揺さぶり上げ始めた。

「やっ……あ、ぁっ！　やめ……やめて、くだ、さ……」

「嘘つけ、感じてるくせに！　気持ちいいんだろう!?　そんな顔して、そんな声を出して…

…いやなんて言ったって、通るかよっ！」

「くぅ、んっ！　あぁっ、そ、そんな……もう、許し……ひ、あぁぁっ！」

激しく突き上げられる。さっき放ったばかりだというのに、度重なる輪姦で後ろからの快感を教え込まれた体は、勝手に反応して熱く昂ぶり始める。

孝二の言葉どおりに、責められれば感じてしまう自分の体が、恨めしかった。

なぜかふと他来の声が脳裏をよぎった。

『いやだと言っていたから、いやなんだろうと思ったんだ』

拉致された日の夜、胸に植えられた種子から伸びた蔓が自分を嬲り始めた時、蔓をどなりつけ、止めてくれた。

彼だけは、無理強いをしなかった。譲の体と心が別であることを、認めてくれた。

思い出して、譲の口からかすかな呻き声がこぼれた。

「助け、て……他来、さん……」

声とも呼べないほどの小さな呟きだったのに、聞き逃さなかったらしい。孝二の瞳を怒りの色が走った。

「お前……あいつは、お前を誘拐した連中の仲間なんだぞ！　オレに抱かれてる真っ最中に、なんであんなヤツの名前を呼ぶんだ！　あいつに惚《ほ》れてんのか!?」

「お前が入学してきた時から、ずっと一緒だったのに……ずっとオレが、お前の面倒を見てきたのに！　今になって他のヤツに渡せるか、お前はオレのものなんだよ、譲!!」

嫉妬と欲情がむき出しになった声で言いながら、孝二は容赦なく譲の内奥をえぐり上げてくる。

涙があふれた。苦痛や快感による涙とは違う。ただ、哀しかった。

自分は普通の先輩後輩の関係だと思っていたけれど、孝二は違ったのだろうか。心の奥ではずっと、こんなふうに自分を犯すことを想像していたのか。

「あ、ぁっ……や……いや、だ……うぁあっ！　ひ、あっ……!!」

拒否しようと思うのに、言葉の合間に自分ではどうしようもないよがり声が交じる。

（どうしてなんだ。どうして僕はこんな……）

妖樹といい、真葛生家の男たちといい、孝二といい——自分には何か、そういう暗い欲望をかき立てる要素があるのかもしれない。いやだと思いながらも、体は犯されることにしっかり反応してよがり狂っているのが、その証拠ではないだろうか。

『……そうだ。お前は供物だ』

絶望感を強調するような、妖樹の囁きが聞こえた。遠く祠の地下から呼びかけてくるのか、それとも胸に植えられた種子からなのかはわからなかったけれど、確かに妖樹の声だった。

『お前は……のための供物だ。その淫らな姿で人を誘い……の、糧となれ。……を作るために、お前は選ばれた』

なんのためだというのだろう。ところどころ、よく聞こえない。しかし、次の言葉ははっきりと聞こえた。

『孕め』

最初はただ、当惑した。自分は男だ。妊娠したりできるはずはない。けれど妖樹の声は続いている。

『孕め。子を作れ』

『我が……を……子々孫々に……』

冷たいものが背筋を走った。普通ならありえないことだけれど、そもそも妖樹が常識を超えた存在だ。だったら、男の自分が怪物の子を孕むこともないとは限らない。そう思いついた瞬間、全身を縛める蔓に耐えがたい嫌悪を感じて、譲は暴れた。

「いや……いやだぁっ！　放し……放してくれっ、それだけは……‼」

不意の動きが思わぬ刺激になったのかもしれない。孝二が短く呻いた。両手で譲の腰をつかまえ、強く引き寄せる。

「こ、孝二さん⁉　やめ……‼」

制止は間に合わなかった。体の中に、熱い液体が放たれるのを感じた。

虚無が譲の心を包んだ。

終わりだ、と思った。

今までの、頼りない後輩と、親切で世話好きな先輩の関係が、完全に壊れた。孝二は狂ったように自分を犯したし、自分は体の快感に流されてよがり、射精した。もう元の間柄には戻れない。かといって自分は、孝二とこんな関係を続けたいわけでもないのだ。友情、あるいは兄に対するような感情はあったけれど、それだけだった。無理矢理に抱かれた今も、それ以上の感情は生まれてこない。

荒い息をこぼして自分に覆いかぶさっていた孝二が、顔を上げた。

「ゆず、る……オレは……」

「……いやだっ！」

孝二が何を言うつもりかはわからなかった。だがどんな言葉だろうと、聞きたくなかった。

譲は孝二の胸に手をつき、力一杯突き飛ばした。

孝二がシートから転げ落ち、道に尻餅をついた。

「あ……？」

突き飛ばしたあとで気がついた。いつのまにか自分を縛っていた蔓がほどけている。あれほど強靫だった蔓が、しなびて枯れ、自分の手足から剝がれ落ちていた。

理由はわからないが、なんでもいい。拘束が解けたのだ。

半裸のまま、譲は車から飛び出した。

「譲、待て!」

孝二は叫んだ。だが譲は足を止めない。

立ち上がったものの、孝二は、譲を追おうとしなかった。苦しげに顔を歪め、うなだれる。

その口から呻き声が漏れた。

「オレは、何を……? あいつに、なんてことを……」

第４章

譲は夜道を逃げ続けた。

舗装されていない農道の草や小石が裸足に痛かったし、体は疲れきっている。そのうえ、どこへ行くというあてはない。けれど今、孝二のそばにいることは耐えがたかった。

どれほど走ったか。

小石を踏み違え、体が斜め前へ泳いだ。

「うぁっ!!」

譲はまともに転倒した。立ち上がろうとしたが、左の足首がひどく痛む。倒れる時にひねったらしい。

座り込んだ譲の胸を、惨めさが満たした。

帯さえなくし、裸に浴衣一枚引っかけただけの格好で、真っ暗な夜道を走っている自分を、他人が見たらどう思うだろう。体は樹液と自分の精液にまみれ、後孔からは孝二が中に放った液の残滓《ざんし》がこぼれ出ている。

立ち上がる力はなかった。地面に突っ伏し、譲は声をあげて泣き出した。

どこにも行き場はない。父の再婚相手に疎まれているから、実家には帰れないし、大学で新しく築きかけた人間関係は、たった今壊れた。自分がいるべき場所——安らいで過ごせる、自分のための場所など、どこにもないのだ。

草むらで鳴いていた気の早い秋虫が、譲の号泣に驚いたのか、声を止める。

譲はいつまでも泣き続けた。

足音が聞こえた。真葛生家の追っ手か、それとも孝二だろうか。どちらであっても会いたくはなかった。けれど逃げ出す力は残っていなかった。

長身の影がゆっくり近づいてきた。

他来だった。

「なぜこんな場所にいる?」

逃げ出した供物を見つけたというのに、譲を引っ立てて戻ろうとするでもなく、声を張り上げて人を呼ぶわけでもなく、ただ静かに他来は問いかけてきた。

「孝二とかいう、大学の先輩はどうした?　車で連れ出してもらったのだから、もうとっくに安全圏まで逃げたと思っていたのに」

譲は他来の顔を見上げた。とぎれとぎれの問いかけがこぼれた。

「知ってたん、です、か」

「託宣として見せられた光景に、少しだけ映った」

「なのに、止めずに……？」

「光景として見せられた場合は、すでに起こることが確定している。変えられない以上、それに対する備えをするしかないんだ。ただ……」

「ただ？」

「日出男の馬鹿が、出来損ない出来損ないとからんできたから、気が立っていたんだろう。託宣を受けたあと皆に言うのを忘れてしまった。思い出したのは、離れの座敷に残った泥靴の跡と、君が消えているのを見つけて、あいつらが騒ぎ始めたあとだった」

本当に忘れていたのだろうか。実際は覚えていたのに、嬲られる譲を憐《あわ》れんで、できることなら逃がしてやろうと思い、他来は沈黙を守ったのではないだろうか。

けれど、そうだとしても無駄だった。

何も言えずにいる譲を見て、困ったように他来が目を瞬いた。

「まあ、いい。こんなところに座り込んでいても仕方がない。ほら」

他来が身をかがめて手を差し伸べる。すがろうとしたが、つかまった瞬間、譲の掌がぴりっと痛んだ。いや、その前から痛みはあったのに、足首の痛みと心の動揺のせいで、気づかなかったようだ。

他来が譲の手をつかみ、掌を見た。

「血が……怪我をしたのか？」

「あ。さっき転んで、足を挫《くじ》いたんです。多分その時に……」

手をついたために、すりむいたのだろう。だが他来の視線は譲の掌から、浴衣の袖がずれてむき出しになった前腕へと移動した。

「それは？」

「え？」

譲も自分の腕を見た。灰色の凧糸のような物が、袖の中からはみ出ている。引くと抵抗なく抜けてきた。しなびた蔓だ。素手では絶対に切れないほど強靱だったのに、今はティッシュで作った紙縒《こより》より、たやすく切れた。

「枯れたのか？　そういえば託宣の中に、この種に関することは映らなかったな。だからつい、忘れていた。……種は、どうなっている？」

他来に言われて、譲は浴衣の襟元を広げた。妖樹に植えられた種子はそのまま残っていたが、細く長く伸びた蔓はいずれもしなびている。譲はおそるおそる、種子本体をつまんで引っ張ってみた。

ころんと、取れた。

鳩尾の皮膚に小さな窪《くぼ》みができているが、それだけだ。傷も何もない。

どうしていいのかわからずにいると、他来が掌を差し出してきた。自分で持っていてもどうしようもないので、譲は素直に渡した。他来がまじまじと種子を見つめ、首を傾げる。

「人に植えた種子は、いずれしなびて自然に取れるんだが……早い。一月《ひとつき》ぐらいはもつはずなのに。何かよほど、養分を必要とすることでもしたんだろうか」

譲の体が引きつった。

種子が養分を相当使ったのは間違いない。自分をさんざん弄んでよがらせ、その姿を孝二に見せつけて誘惑し、自分を犯させたのだから。

「あ……うあああぁっ！」

忌まわしい記憶が——淫らな自分の姿が心に甦り、譲は泣きながら地面に突っ伏した。

「どうした、譲!?」

「僕はもう、だめです……孝二さんに、まで……なぜ、なぜこんなことにっ……!!」

嗚咽の間に交じる言葉で、何があったかを悟ったらしい。他来が息をのんだのがわかった。

涙と一緒に、譲は声を絞り出した。

「こんなことになるなんて、思ってなかった……孝二さんに、そんな目で見られてたなんて、知らなかった！　どうして……どうして、僕なんです!?　あの木も、屋敷の人たちも、孝二さんまで、僕を……僕に、原因があるんですか!?　みんなからこんなふうに扱われるのは、僕のせいなんですかっ!?」

「それは、違う」

低い、しかしきっぱりとした口調で他来は否定した。

「君は被害者だ。何も悪いことはしていない。ただ不運だっただけだ」

「でも……でも、孝二さんが言ったんです！　そんな顔と声で、よがってるくせにって……そのとおりなんだ、僕は……じ、自分から、反応して……!!」

涙に濡れた顔を上げて叫んだ譲に向かい、他来は首を横に振って、繰り返した。

「違う。君は媚薬《びやく》に狂わされたにすぎない」

「……媚薬？」

思いがけない言葉に、茫然とした。その耳に、他来の静かな声が届く。

「木に呼ばれて、種を植えられたのが不運だった。それだけだ。……あの樹液には人を狂わせる作用がある。揮発成分があるらしくて、樹液のにおいを嗅いだだけで人間は正気をなくす。性欲を煽《あお》られて、犯さずにはいられなくなるんだ。まして直接塗り込まれた君が、平気でいられるはずはない」

言われてみれば、孝二の様子がおかしくなったのは、浴衣を引き開けて、蔓が分泌する樹液のにおいをまともに嗅いだあとだった。初めて真葛生家の男たちに輪姦された時も、完全に役に立たなくなっている老人が、狂ったように求めてきた。しなびた肉塊を譲の口に押し込み、体にこすりつけ続けた。他の男たちも、『御神水に酔う』という言葉を口にしていた。あの異常な興奮状態は、樹液のせいだったのか。

しかしそこまで考えた時、譲はあることに気がついた。

「他来さんは、どうして平気なんです」

「え？」

「祠から出されて、離れへ運ばれる時とか……最初の夜に、僕が自殺しようとして蔓に止められた時とか。樹液のにおいを嗅いだはずなのに、他来さんは少しもおかしくならなくて、普通のままで……なぜなんですか？」

切れ長の瞳を、寂しげな色が流れたように思った。だが他来が立ち上がってしまったので、座ったままの譲からは顔がよく見えなくなった。呟きが聞こえた。

「俺には、あれは効かない。枝子だから」

また『枝子』という言葉だ。

どういう意味なのか、重ねて問おうと思った時、他来の体を緊張の気配が走った。

視線を追った譲は、ヘッドライトがこちらへ向かって走ってくるのを見つけた。孝二の車ではなさそうだった。エンジン音が低く、重い。

「ああ、誰かが捜しにきたか。……逃げ隠れする場所があるわけでなし、行き先もなし。第一、その足では自力で歩けないだろうな」

譲の腫《は》れ上がった足首を見て、他来は困ったように眉をひそめ、溜息をこぼした。譲に背を向けてしゃがみ込む。

「負ぶされ。どうせ見つかるなら、戻ろうとしていたふりをする方がまだましだ」

「え……あ、あの……」

「早くしろ。屋敷の者には俺が言い訳をする。無事にすむようにするから」

他来はなぜ、こうまで自分をかばおうとしてくれるのか。それはわからない。だが自分に何か考えがあるわけでもない。体に付着した汁が着物を汚さないよう、浴衣の前をしっかりとかき合わせてから、譲は他来の背に体を預けた。

他来が車に向かって歩き出した。

運転手が自分たちに気づいたらしい。短くクラクションを鳴らし、スピードを上げて近づいてきた。譲を背負った他来のそばまで来て、止まる。

セダンを運転していたのは、屋敷を逃げ出す前に譲を輪姦した男のうちの一人だ。昌義とか呼ばれていた気がする。降りてきて後ろのドアを開けたものの、他来を見やって意外そうに問いかけた。

「他来。お前が見つけたのか？　こっちへ歩いてきてたってことは、連れ帰るつもりだったんだよな？」

「何か不都合でもあるのか」

譲を後部座席に乗せた他来が、じっと昌義を見つめて問い返す。昌義がうろたえたように視線を逸らした。

「いや。俺は別に……俺は、お前が裏切るなんて思っちゃいないさ。仮にも枝子のお前が、供物を逃がしたりするわけないって思ってたよ、うん」

「つまり昌義以外の誰かは、そういうふうに思っているわけだ」

あまり気が強い方ではないのか、他来の言葉を受けて、昌義は口ごもった。他来は答えを催促せずに、後部座席へ乗り込んできた。隣で自分を守ろうとしてくれているように感じて、譲は安心感を覚えた。

「いや、その……供物は逃げるし、気がついてみりゃお前まで消えてるしで、みんな、動転したんだよ」

沈黙が重荷になったのか、運転席へ戻り、セダンを発車させたあと、昌義は言い訳めいた口調で喋り出した。ただ一人の枝子を怒らせて、もし自分に不利な託宣を言われたら困ると思っているらしかった。

「俺は他来が逃げたなんて思ってなかったけど、日出男がぎゃあぎゃあと……絶対に他来が供物を逃がしたんだ、自分も逃げる気だって、わめき立てて」

「あいつの言いそうなことだ」

「あまり言うから、豊伸伯父さんまでその気になったんだ。俺に、車で供物のマンションへ行って、二人がいないか確かめてこいって。俺はお前を疑ったりはしてなかったんだけどな、御当主様の命令じゃ、仕方なくてさ。……何しろ豊伸伯父さんは、供物を見つけたら二度と逃げ出せないよう、足をつぶしちまえって怒ってたくらいだし」

譲の体がこわばった。体温が下がるのがわかった。

自分を拉致監禁して妖樹に捧げることを決めたのは、当主の豊仲だという話だ。いったん誘拐や暴行という犯罪に手を染めた以上、さらにエスカレートしても不思議はない。

だがその時、シートに置いていた自分の手に、他来の手が重なるのを感じた。

（あ……）

運転している昌義に気づかれないようにだろう。視線は窓の外に向けたまま、他来は譲を力づけ励ますように、譲の手の甲を指先でそっと叩いた。そのあとすぐに離れていったが、他来の手の意外な温かみと、いたわりがこもった仕草の余韻は、譲の手にしっかりと残った。

他来がルームミラーを介して昌義の顔を見やる。

「人の身で勝手な真似はしない方がいい。供物は御神木に選ばれた存在だ。足を折ったりして、怒りに触れても俺は知らない」

「俺が言ったんじゃないって。豊仲伯父さんだよ。俺はそんなこと考えてもいないんだ。供物に関しちゃ、枝子のお前の言葉がすべてだと思ってる」

「そう思ってもらえると助かる」

「俺は他来の味方だって。信用してくれよ。……だからさ。何かいい託宣があったら、豊仲伯父さんだけじゃなく、俺にもこっそり教えてくれ。伯父さんは昔から他来につらくあたってるんだ。義理立てする必要はないと思うぜ。それよりも……」

「いい託宣があればな」

他来の返事に、ルームミラーの中の昌義が歯を見せ、おもねるような笑みを作った。

譲は視線を上げ、他来の横顔を眺めた。

昌義が他来に向かって味方だと主張するのは、うまい話にありつきたいだけのことなのだ。何かあればすぐ寝返るだろう。他来もその程度のことはわかっているらしく、運転席に向けた目は冷ややかだった。

やがて車は真葛生家の屋敷に着いた。

他来は昌義に任せようとはせず、自分で譲を背負って、正面玄関から中に入った。

広い上がり框には、当主の豊仲を真ん中にして、真葛生家の男たちが十数人、ずらりと並んでいた。全員が険しい表情だ。譲がびくっと身を震わせたのが伝わったのか、他来が肩越しにちらっと視線を向けてきた。心配するなと言っているように見えた。

他来は三和土《たたき》に立ち、豊仲を見上げて口を開いた。

「譲が足を挫きました。手当ての用意をお願いします」

「手当てだと？　逃げ出すような足なら、いっそ、つぶしてしまえばよい」

苦い口調で豊仲が言ったのを皮切りに、皆が口々に譲を非難した。

「御神木のお眼鏡《めがね》にかなった光栄を顧みず、罰当たりな」

「供物の役目さえ果たせればいいのだ」

「つぶさなくても、せめて片足を折ってしまえば……」

「他来も他来だ。供物が逃げ出すのに気づかない枝子など……前代未聞だ」

譲は他来の背で身を縮めていた。足をつぶすのはともかく、彼らなら、骨を折るくらいはやりかねないと思う。恐怖で動悸《どうき》が激しくなった。

一渡り言わせたあとで、他来は譲を背負ったまま全員を見渡し、静かな口調で返事をした。

「御神木から、供物をどうせよという指示は下っていません。勝手な真似をすれば、祟りがありましょう」

「指示がない、だと？」

豊伸が他来を睨《ね》め据え、罵った。

「御神木に触れねば託宣を受け取れもしないくせに。その罰当たりを渡せ。甘やかしすぎたのだ、少しは思い知らせてやらねばならん。出来損ないの枝子は、引っ込んでおれ」

目配せを受けて、居並んでいた親族の中から、一際大きな体が進み出た。日出男だ。三和土に下りようとする。他来の背から、譲を奪い取るつもりらしい。

しかし他来は、日出男に向き直る格好で譲をかばい、声を張った。

「確かに俺は出来損ないです。だが今の真葛生家に他の枝子はいない。……俺がいなくなれば、どうやって託宣を聞きます？　俺が託宣を受け取るのをやめたり、でたらめな託宣を告げたりしたら、どうなるとお思いですか」

皆がざわめいた。日出男が怒りで顔を真っ赤にする。

「お前っ……一族に逆らうつもりか！」

「確かにな。嘘の託宣を述べるのは、一族に対する裏切りだ」

皮肉っぽく他来が答えた。譲にはなぜかわからなかったが、日出男は痛いところを突かれたような顔をして口をつぐんだ。

他来は豊伸に視線を向けた。

「御神木が、わざわざお呼びになった供物です。人間がお下がりをいただくことは許しても、それ以上、手を出すことはお許しにならないかもしれない……勝手に足をつぶしたりして御神木のお怒りを買っても、自分は責任を持てません。それでもやりますか」

「……」

「元の部屋に連れていきます。そこを開けてください」

苦虫を噛みつぶしたような顔になったものの、豊伸は無言で横に寄った。他来は譲を背負ったまま、上がり框へ足を載せた。そのまま奥へ歩く。

背負われていた譲は、そっと振り返って豊伸や日出男たちの様子を見た。

「出来損ないが……」

「図に乗りおって。次の枝子さえ生まれれば、用済みになるくせに」

聞こえよがしの陰口は、他来の耳にも当然届いたはずだ。譲は顔を戻して、他来の表情を窺った。

怜悧《れいり》な横顔は、なんの感情も浮かべてはいなかった。

(大丈夫なのかな? 僕は、足を折られずにすみそうだけど……)

もともと他来は一族の中でも孤立していたようだ。それなのにあんなことを言っては、孤立を通り越し、皆から憎まれてしまったのではないだろうか。

不安だった。


譲を元の座敷牢に入れたあと、他来はまず着替えの浴衣と、体を拭うための手拭いや、湯を入れた手桶を運んできた。この時間では入浴は無理なのだそうだ。譲の方からは何も頼まなかったのに、体を拭うための道具を持ってきてくれたのは、孝二に犯された譲がどんな気持ちでいるのか理解してくれているからだろう。その心遣いが、嬉しかった。

体を拭き終え、新しい下着と浴衣に袖を通した時、他来が今度は救急箱を持って現れた。

「骨が折れたりはしていないようだが……」

譲の足首に湿布を貼って手当てをしながら、他来は尋ねてきた。

「鳩尾の、種が取れた痕《あと》はどうなっている?」

「もうなんともありません」

さっき体を拭いた時に見たら、種子を植えられていた自分の鳩尾には、なんの痕跡《こんせき》もなかった。種が外れた直後には、物をずっと押しつけられていたような小さな窪みが残っていたが、それももう消えている。

「無理に取り除くと根が体の中に残るそうだが、自然に種が取れた場合は、何も問題はないらしい。心配するな」

譲を安心させようとして言ってくれたのだろう。それはわかったが、自然と譲の頭はうなだれた。どうせ明日にはまた、妖樹の慰み者にされる。もう一度自分の体に種子を植えつけられたら、同じことだ。何しろ相手は人知を超えた異形の化け物で、どんなことでもできるのだから。

そこまで考えた時に譲は、種子を植えつけられることなどより、もっと恐ろしい可能性を——孝二に犯される間に聞いた声を、思い出した。口に出すのも忌まわしい疑念だが、このまま放置しておくことの方が不安だ。

自分の前に坐り、足首に包帯を巻いてくれている他来に尋ねた。

「あ、あの……教えて、ほしいことが……」

「なんだ」

「もし種が僕の体から取れなかったら、どうなっていたんでしょう？」

「そういう事例は今までなかったようだ」

「でも……」

体の表面、目に見える場所に植えつけられたからこそ気がついた。後孔から押し入った蔓が身体の内部に種子を蒔《ま》いていたら、わからない。

「種が僕の体を土の代わりにして、育っていくことはないんでしょうか。新しい苗木を、作るために……そうでもなければ、なんのためにあの木は、僕を……僕を、供物にしているのか、わかりません」

他来が眉をひそめた。口ごもりながらでも、問いかけをやめない譲に不審を覚えたのかもしれない。長すぎる綿包帯を鋏で切って、尋ね返してきた。

「何かあったのか?」

「……声が、聞こえたんです。最初に僕を呼んだのと同じ声で……は……『孕め』って」

生々しくて、口に出すには勇気のいる単語だった。うつむいて、他来が答えてくれるのを待ったが、返事はない。不安に押し出され、譲の胸に溜まっていた疑念が次々と口からこぼれ落ちた。

「あの木には目的があるはずだと思うんです。だからこそ、僕を呼んで、この屋敷の人たちに連れてこさせて、あんなことを……はっきり、聞こえました。『孕め』って。人間じゃないんだから、性別も何も関係なしに、供物の体を養分にして新しい苗木を作れるんじゃないかと思って……」

頭の中で考えていたことを、言葉にして口に出してしまうと、厭わしさが一層強く感じられた。背筋がざわつくような嫌悪を覚え、譲はうつむいたまま身震いした。それ以上喋れなくなった。

他来の手が、自分の足首に巻いた包帯の端を、重ねた布の間へ器用に折り込んでいるのが見える。伸縮性のない綿布を固く巻きつけてもらうと、添え木を当てたのと同様の効果があるのか、足首の痛みがずっと楽なように感じられた。

「あの木が、人の体を苗床にして若木を育てた例はない。『孕め』という言葉も、男の君には効力を持たない。気にするな」

静かに話す声をよく聞いたなら、奥底に苦渋の響きがにじんでいるのがわかったかもしれない。しかし新たな疑念に囚われた譲は、そこまで気が回らなかった。

「男にはって……僕が女だったら、違っていたんですか？」

あたりを片づけていた他来が、手にしていた余りの包帯を取り落とした。すぐ拾い上げたものの、譲の問いには答えないし、視線を合わせようともしない。

譲は当惑した。

こんな質問で、なぜこれほど他来は狼狽するのだろう。

（女の人が供物にされたら……やっぱり、木にさんざん嬲られたあと、屋敷の人たちにも、乱暴されるんだろうか）

そうだろうと思う。夕暮れ時に、日出男たちが自分を犯しながら、『供物が男でがっかりした』などと話していた。

供物にされた女性は、全身に催淫効果のある樹液をまぶされている。当然、真葛生家の男たちは欲情を抑えきれないはずだ。交わって、もし、その女性が妊娠したら、それは果たして誰の——何の、子供なのだろうか。

（みんな、他来さんを『枝子』って呼んでる。他来さん自身もさっき、言ってたじゃないか。木の声を聞けるのは自分一人だって……なぜ、他来さんだけなんだ？）

考えてみれば、他来はあの妖樹のことに詳しすぎる。他来が命じると蔓が動きを止めたし、樹液の成分は自分には効かないとも言っていた。いったい、なぜなのだろう。

他来は何者なのだろう。

長いようでも、考えていたのはほんの一瞬だった。不安と衝動に突き動かされ、譲は問いを重ねていた。

「他来さん。『枝子』って、何なんですか……？」

予期していたのか、他来は、手当てに使った湿布や包帯を片づける手を止め、譲の顔に視線を当てた。どこか醒めたような、諦めたような微笑を浮かべて、口を開く。

「俺の母親は、君の前に……二十七年前に、あの木に求められた『供物』だった」

譲は言葉もなく目をみはった。

「君と違って、木の声に操られて、祠まで呼び寄せられるほど強く求められたわけではなかったようだ。だがその頃に枝子の役割を務めていたのは、俺の大叔父だ。俺と違って木の幹に触れなくても声を聞くことができた。それで……木が、供物として欲しがっているのを察知した。年賀の挨拶《あいさつ》にこの屋敷へ来た女性を」

彼女は真葛生家の親戚でもなんでもなかった。真葛生家が所有する土地に建っている、小さな工場を引き継いだばかりの青年と恋愛結婚し、夫婦揃って地主に挨拶に来ただけだった。

しかし妖樹に求められたことで、彼女の人生は狂った。

真葛生家にとって、妖樹の託宣は絶対だった。

彼女を供物に捧げよと命じられ、当時の真葛生家の当主、すなわち他来の祖父は、『息子が見初めた』という理由をでっち上げて、夫婦を別れさせようとした。工場の建つ土地の無償譲渡をはじめ、さまざまな条件を提示されて、男は女と別れた。

恋愛結婚したはずの男に裏切られ、自暴自棄になったのかもしれない。あるいは、それだけの代価を払っても自分と結婚したがるほど強く愛されたのならば、結婚するのも悪くないと考えたのかもしれない。女は真葛生家に嫁ぎ直した。しかし、そこで彼女を待っていたのは妖樹による玩弄《がんろう》と、屋敷の男たち全員からの輪姦だった。やがて一人目の子供を身ごもったが、その子は生まれてすぐ死んだ。彼女は再び供物にされ、妖樹と真葛生家の男たちに犯されて、再び身ごもった。そうして生まれた子供が他来だ。

しかし彼女は他来を生んだあと、監視の目がゆるんだ隙に、自殺した。

「二度も供物にされ、文字どおり自分が子を生むための道具にすぎないと知って、生きる気力が尽きたらしい。……俺の父親が、一族のうちの誰なのかはわからない。けれど、本当の親は、あの木だ。供物にされ、木に犯されたあとの女が人間と交わって孕んだ子供が、枝子と呼ばれている」

何百年、何千年に及ぶ膨大な歴史情報と、わずかながらも将来を見通す予知能力、それが妖樹の力だ。枝子は親木の記憶を共有し、意志を代弁し、予知を人々に伝える。真葛生家の人間は木を崇《あが》め下僕のごとく仕えることで、繁栄を得てきた――そう他来は語った。

「俺が生まれた時は大変な難産で、仕方なく父は母を病院へ連れていったそうだ。あまり医者には診《み》せたくなかったらしいが、先代の枝子だった大叔父が高齢で、次の枝子を確保しなければならなかったせいだろう。俺も母親も、医者から特に異常は指摘されなかったという話だ。学校の健康診断で引っかかったこともない。見た目というか、体は、人間と変わりないんだろうな」

譲はただ茫然として聞いていた。枝子という言葉や、皆の他来に対する態度から、薄々予測していた部分もあったが、当人の口からはっきりした事実として聞かされると、衝撃は大きかった。

他来の言葉は続いている。

「人間に近い分だけ、枝子としては俺は出来が悪い。俺の中にある親木の記憶は、ところどころ曖昧で不完全だ。それに木肌に直接触れない限り声を聞けない。……過去の枝子は皆、親木の記憶や予知を完璧《かんぺき》に共有していたし、今の言葉でいえば、テレパシーというのか？離れていても親木と会話できたのに」

「ま、待ってください。過去の枝子って……他来さんが生まれる前にいた人たちのことでしょう？　そんな昔の人のことが、どうしてわかるんですか？」

「親木の記憶だ。古い部分は不完全だが、それでもここ三百年分くらいは伝わっている。もっとも、父たちが俺に求める託宣は、過去のことじゃない。将来何が起こるかだ。あの木の、未来予知がどういう内容かを知りたがっているんだ。……だが俺が親木から聞き取れるのは、ほんの数年先まで、それも曖昧な予知だけだ。だから枝子としては出来損ないと蔑まれているわけだ」

そこまで言ったあと、瞳を曇らせて他来はつけ足した。

「それでも……出来損ないでも、間違いなく父親はあの木だ。父、というか親族の男たちにも、母にも、まるで似ていないし……俺は人間じゃない。この体を流れる血の半分は、樹液からできているのかもしれない」

「……!!」

樹液という言葉を耳にした瞬間、譲の体を嫌悪感が走った。

自分から抵抗力を奪い、この屋敷の男たちや、親しい先輩の孝二までもを、欲情をたぎらせた牡《おす》に変えてしまった、あの樹液。草いきれに似て青臭く、そのくせ甘ったるいにおい。ぬらぬらとした肌触り。何もかもが、おぞましい。意に反して犯されたというのに、よがり狂った自分自身までもが厭わしくてならない。

反射的に、譲は後ろへにじり下がっていた。他来から逃れようとするかのように。

「……」

何か言いかけたようだったが、他来は口をつぐんだ。冬の海を思わせる深い色の瞳が、譲の眼を静かに見つめた。やがて他来はほろ苦く微笑した。諦めたような、寂しげな、傷ついた心を繕おうとして繕いきれず、無理に口の端だけを上げて作った——そんな笑みだった。

（あ……僕は……）

譲は、自分が今どんな表情を浮かべて他来を見ていたかを理解した。嫌悪や恐怖がむき出しになっていたに違いない。

他来が救急箱から、内服薬らしい錠剤のシートを出し、一錠分だけ折り取って畳に置いた。

「痛むようなら、飲むといい。鎮痛剤だ」

譲と目を合わせずにそう言った。その声からは、譲に対する怒りや不満は感じ取れない。けれども隠しきれない孤独感が、ありありとにじみ出ていた。

後悔が譲を包んだ。

さんざんかばってもらったくせに、自分は今、他来を妖樹そのもののように扱った。化け物を見るような目を、向けてしまった。――枝子に生まれたのは、他来のせいではないのに。

(違う！　そうじゃない、違うんだ、他来さん……!!)

樹液という言葉を聞いて、体が勝手に反応してしまったのだ。

他来は立ち上がり、座敷牢の出口へ足を向けた。譲と目を合わせないままに。

このまま他来を行かせたら、一生悔やむことになる。

「待って……待ってください！」

他来に追いすがり、その背にしがみついて引き止めようとした。しかし急に立ち上がろうとしたせいで、左脚に激痛が走った。

体勢が崩れる。

声を聞いて振り返った他来に、体当たりを喰《く》らわせる格好になった。二人揃って転倒した。

「な……にを、しているんだ、君は！」

どなられて、譲は慌てふためいた。

「す、すいません！　でも、わざとじゃなくて、呼び止めたいと思っただけで……すみません、本当に！　で、でも……!!」

転んだ拍子に、どこか打ったのかもしれない。他来は肘をついてわずかに上体を起こしたものの、それ以上起き上がろうとはせず、痛そうに顔をしかめている。譲は夢中で謝った。

「すみませんでした。いえ、転んだことじゃなくて、その前の……た、他来さんを傷つけるつもりじゃなかったんです。樹液って言葉を聞いた瞬間、その……いろんな、いやなことがパァーッて頭に、浮かび上がって、それでつい、後ずさりを……すみません！」

しどろもどろで詫びる譲に向かい、他来がしかめ面を苦笑に変えた。

「気にするな。人間でないものを気味悪がるのは、当たり前のことだ。……慣れている」

心臓に針を突き立てられた気がした。

苦笑の裏で他来がどう感じているかを思うと、ひどく哀しかった。

涙が出てきた。とまどいを帯びた他来の声がする。

「なぜ、君が泣くんだ？」

「だって、『慣れてる』って……ずっと、そんなふうに扱われてきたんでしょう？　すみません。傷つけるようなことをして、ごめんなさい。僕は、何度も他来さんにかばってもらったのに……」

「俺は、自分に害のない範囲で『かばった』だけだ。孝二、だったか？　彼のように、本当の意味で君を助け出そうとはしなかった」

「でも、孝二さんは、僕を……」

「あの青年を責めるな。言ったはずだ、樹液には媚薬の作用がある。彼はそれに狂わされただけなんだ」

「でも……」

うなだれた譲の耳に、困惑交じりの声が聞こえた。

「ところで……もういい加減に、俺の上から下りてくれないか?」

「え……わあぁぁ!?」

譲は慌てふためいた。涙など、引っ込んでしまった。

いつまでたっても他来が体を中途半端にしか起こさないはずだ。一緒に転んだ自分が、上に座っているのだから。

転げそうな勢いで下りた。

「す、すみません! すみません、全然気づかなくて! ほんとに、すみません!!」

何度も何度も頭を下げた姿がおかしかったのだろうか。体を起こして座り直した他来が、くすっと小さな笑い声をこぼした。譲はますますうろたえた。首から上が燃え上がりそうに熱くなった。口ごもりながら、呟いた。

「すみません……でも、一言教えてくれれば……」

「いや、すぐ気づくだろうと思ったんだが」

言われてみればそのとおりだ。なぜ気がつかなかったのか、自分でも信じられない。

「すみま、せん……」

言葉もなかった。まだ顔がほてっている。

他来がもう一度小さく笑った。そのあと、「あ」と小声で呟いた。譲はハッとして顔を上げた。

「どうかしたんですか？　もしかして僕のせいで、どこか怪我でも……」

「まさか、あの程度で。なんでもない、気にしないでくれ」

「だけど……」

不安が譲の顔に表れていたのだろう。他来は苦笑し、けれど不機嫌ではなく、むしろ懐かしむような表情で説明した。

「大したことじゃない。ただ……楽しくて笑ったのは、ずいぶん久しぶりだと思ったんだ。学校に行っていた頃以来だから、七、八年ぶりか」

「……」

胸が苦しくなった。

こんなつまらないことで、本当にかすかに、くすっと笑っただけなのに、それを『ずいぶん久しぶりに、楽しくて笑った』と他来は言うのだ。だとしたら、今までどんな年月を過ごしてきたのだろう。妖樹と人間の橋渡し役として、人間ではないもののように扱われて、しかも、出来損ないと罵られて――それは決して、他来のせいではないのに。

また涙が出てきた。

「今度は、どうした？」

「だって……他来さんは、僕のことを被害者だって言ってくれたけど、他来さんも同じじゃないですか。好きで枝子に生まれたわけじゃないのに……」

喋っているうちに、感情が高ぶってぼろぼろ涙がこぼれてきた。

今になって、理解できる。他来の瞳に漂う、冬の海を思わせる暗い色の理由が。

「僕は、供物にされて、この屋敷の人から物扱いにされて……すごく、つらかった。四日間でもつらかった。だけど他来さんは、あの木の言葉を伝えるための道具みたいに、扱われてきてたんじゃないですか？　生まれてから、ずっと、そうだったんじゃ……」

「譲」

「さっき、みんなが他来さんのことをにらんでた……僕をかばったせいで、ますます居心地が悪く……」

「どうというほどのことじゃない。第一、仕方のないことだ。俺は人間ではなくて、御神木……いや、化け物の子供なんだから」

「やめてください、そんな言い方！」

諦めたような物言いを止めたかったのかもしれない。譲は他来の肩に手をかけ、夢中で揺さぶった。

「何を……」

「やめてください！　自分のことをそんなふうに言うのは……お願いですから……」

他来が自分を貶《おとし》めるのを、これ以上聞きたくなかった。なぜなのだろう、自分の方がつらくなってしまう。

うなだれて譲は呟いた。

「僕はここへ連れてこられてから、ずっと、怖かった。みんな、怖かったんです。僕を供物……物としてしか、扱わない人たちが、怖くて、いやで……あの人たちも、木と同じ、人間じゃないもののように思えて」

自分を性欲を満たす道具としか扱わない、真葛生家の人たちが怖かった。妖樹ばかりか、彼らも、そして自分の懇願に耳を貸さずに犯した孝二もまた、言葉の通じない異形の怪物のように思えた。

「でも、他来さんだけは違った」

ぶっきらぼうな口調で発せられた言葉を思い出す。

『いやだと言っていたから、いやなんだろうと思ったんだ』

自分の心を気遣ってくれた。種子から伸びた蔓が、自分を嬲るのを止めてくれた。自分の外出がばれると面倒なことになると言いながらもハムスターの世話をしに行ってくれた。

「人間じゃないなんて、言わないでください。他来さん一人です。僕の言葉を受け止めて、気遣ってくれたのは……他来さん、だけが……」

返事はない。

言葉が続かなくなり、譲は視線を上げた。

驚いたように見開かれた他来の眼が、すぐ前にあった。初めて会った時に譲が感じた、冬の海に似た暗い色はそのままだ。しかしその奥に——ちょっと見ただけでは気づかないほど、注意深く隠されているけれど、確かに——光が揺れている。すがるように、誰かを求めるように。

二人とも何も言わなかった。言う必要がなかった。

まぶたを閉じて顔を寄せたのは、どちらからだったのだろう。互いの体に腕を回して固く抱き合い、唇を重ねた。

どこかぎこちなく、ためらうように、他来の舌が唇を探ってくる。

譲は自ら口を開いて、迎え入れた。

妖樹に弄ばれ、何人もの男たちに輪姦される過程で、何度も唇を求められた。いや、あれは無理矢理に受け入れさせられたという方が正しい。舌ばかりでなく、妖樹の蔓や男たちの肉棒が、譲の口の中に何度も侵入してきた。誰が相手でも、厭わしい行為でしかなかった。

けれど、今は違う。

(ああ、そうだったんだ……僕は、他来さんが、好きなんだ)

初めて会った時から気になっていた。惹《ひ》かれていた。冬の海のような暗く、そして寂しい色をたたえた瞳に。

舌がからみ、唾液《だえき》が混じり合う。

体温も胸の鼓動も一つに溶け合っている。どちらが自分でどちらが他来なのか、わからない。それでもいい。分ける理由など、どこにもありはしない。

「ん、ぅ……ふ……ぅ、んっ……」

互いに舌をからませ、吸い、ついばむように、あるいは貪るように、長い口づけは続いた。

だが不意に、外から怒号が響いてきた。

驚いて二人は体を離した。

喧噪《けんそう》は裏庭からのようだ。遠くて何を言っているのかまではわからないが、争うような響きと、興奮した罵声《ばせい》が聞こえる。ただごとではないらしい。

他来が立ち上がった。

「様子を見てくる」

「気をつけてください」

自然とそんな言葉が漏れた。自分で気づいて、恥ずかしくなった。

大丈夫だというように、ほんのわずかに瞳を笑ませて、他来は座敷牢を出ていった。

残された譲は畳に座り込んだまま、そっと自分の心臓を押さえた。他来の鼓動が、まだそこに残っているような気がした。

座敷牢の前を離れた他来は、裏庭へ向かった。

といっても、すぐにたどり着けるわけではない。屋敷が建て増しに建て増しを重ねた、迷路のような複雑な構造になっているせいだ。何代か前に普請道楽の当主がいたのか、あるいは妖樹という秘密を抱えた大家族がともに暮らしていくには、別棟を建てたり、離れ家をいくつも作ったりしなければ、都合の悪いことが多かったからなのかもしれない。

長く暗い廊下を歩きながら、他来は譲とかわした口づけのことを思い返した。

他人とあんなふうに触れ合ったのが初めてだと言ったら、譲は笑うだろうか。母は自分が物心つく前に自殺したし、父は出来損ないの枝子である自分に一片の愛情も持ってはいない。かろうじて先代の枝子だった大叔父だけが、他来を可愛がってくれたが、十年近く前に他界した。

その後は、ほとんど人と心を通わせることなく過ごしてきた。

(……俺が臆病《おくびょう》だったのかもしれない)

自分は枝子で、人間ではないという意識がいつも心の底にあった。そのことを知らない間は普通につき合ってもらえても、正体がばれたら、父や叔父や従兄たちと同じ目を――人外の異形に対する嫌悪と侮蔑《ぶべつ》の交じった目を、向けられるのではないかと不安だった。それを思うと、自分から人と親しくなることはできなかった。

高校の時、親切にしてくれたクラス委員の少年がいた。ちょうど大叔父が死んだばかりで、もともと明るい気性ではない自分は、一層無口で無愛想になっていた。そのためクラスで孤立しかかっているのを、心配したらしい。何かと話しかけてきて、班分けなどで他来が仲間外れにならないよう、気遣ってくれた。

優しい少年だったと思う。

他来が体調を崩して数日学校を休んだ時、彼は授業のノートやプリントを携えて、屋敷を訪ねてきてくれた。予想もしていなかったから、その親切に心を打たれた。けれども『駅から遠くてわかりにくい場所なのに、わざわざ……』と呟いた他来に、少年はにこにこ顔で答えた。

『距離はあったけど、道には迷わなかったよ。不思議なんだけど、道がわからなくなるたび、こっちへ来いって呼ばれたような感じで……これだけ古い屋敷だから座敷わらしとかがいて、案内に来てくれたのかな？　面白いね』

戦慄《せんりつ》した。

呼んだのは妖樹以外にありえない。

親と子の気性が似ているとか、趣味嗜好《しこう》が同じとかいう話はよく聞く。考えるだにおぞましいことだが、自分が好意を覚える相手に、親木が目をつけてもおかしくはないのだ。

たまたま皆が留守で、誰も彼の訪問を知らなかったのが幸いだった。ただちに少年を追い返し、二度とここへ来るなと釘《くぎ》を刺した。親木の記憶を受け継いでいたため、供物がどういう目に遭うかはよくわかっていた。自分に親切にしてくれたクラス委員の少年が犯されるのを見るくらいなら、偏屈で性格が悪い奴だと嫌われる方が、はるかにましだった。

その後、学校で出会っても、他来はひたすら彼を避けた。避け続けた。

ある日、話しかけられたのを無視して立ち去ろうとしたら、腕をつかまれた。家を訪ねた日以来、頑《かたく》なになった他来の態度が納得できなかったらしい。問いつめられた。

本当のことなど、言えるわけがなかった。他来はつかまれた手を振り払った。

話していた場所は階段だった。バランスを崩した少年は転落し、腕を骨折した。

彼は他来を責めず、自分の不注意が原因だと取り繕ってくれたが、以来、他来に話しかけてくることはなかった。そして事故を見ていた他の生徒の口からひそかに怪我の真相が広まり、他来は卒業するまで孤立し続けた。——他来自身が、望んだとおりに。

他来にとっては、クラスメートの親切を無にしたという苦い記憶と、好意を覚えかけていた相手を、妖樹の供物にしないですんだという安心感が交じった、複雑な記憶だ。

(譲は……)

助けられなかった。追い返すのが間に合わずに、供物にさせてしまった。

それなのに——妖樹が人間の女に生ませた子という自分の正体を知ってさえ——譲は、自分を嫌悪しなかった。本能的に後ずさったことを気にして詫びてきた。人間ではないと自嘲する自分に対し、そんなふうに言わないでくれと嘆き、自分のことのように、涙を流してくれた。

初めて知った。人に受け入れられるというのは、これほどに心が安らぐことなのだと。

(それなのに、このままでいいのか？　譲を今のままにしておいて)

いいはずがない。

譲を供物の立場から解放しなければならない。

(親木が飽きるのを待っていたら、いつになるかわからない。木が呼んだ供物が解放されるまでには、最低でも二ヶ月はかかっている)

自分の母がそうだ。いったん解放されたものの、その後すぐに妊娠が発覚し、自分の姉を生んだ。しかし姉が生後十日もたたずに死んだ後は、再び供物にされた。解放されたのは自分を身ごもったあとだ。

そこまで考えて、他来は不安を覚えた。

妖樹に呼ばれた供物がいつ頃解放されるかについては、以前にも一度考えたことがある。あの時は孝二に呼び止められて、考えるのをやめたのだ。急いで妖樹から受け継いだ記憶を探り、過去の例を参照した。頭の中に浮かぶイメージをビデオの巻き戻し再生のように遡《さかのぼ》らせて、必要な事例を探す。

(母の前は？　七十三年前、香代《かよ》……大叔父さんの母親だ。解放されたあと、曾祖父と形式的な結婚をして、大叔父さんを産んでいる。その前は、大正三年、ミツ子。解放されたあと、やはり一族と結婚して、大叔父さんの前の枝子を……それから？　その前は？）

我知らず、他来は廊下に立ち止まっていた。記憶を探れば探るほど、恐ろしい可能性が頭の中でふくれ上がってくる。

どのケースでもそうだ。例外はない。

人間側が見つくろって捧げた供物なら、簡単に解放されることが多い。だが、妖樹が求めた場合は違う。

（解放されるのは、枝子を身ごもったあとか……!!）

ごくまれに、男が供物として呼ばれたことはあったようだ。古い記憶を探って他来は、二百年前と、三百七十年前の二例を見つけ出した。

いくら妖樹でも、性別を無視して枝子を孕ませることはできない。供物にされた男はどちらも、何ヶ月も弄ばれ続けたあげく、片方は衰弱死、もう片方は自殺していた。

自分の顔から血の気が引くのがわかった。

このままでは譲は助からない。死ぬまで妖樹に犯され続ける。

（どうすればいいんだ……）

なんのために妖樹は男の譲を供物に選んだのだろう。何かの間違いか気まぐれだとでもいうのだろうか。しかし譲にとっては、気まぐれではすまされない。

（譲を逃がさなくては。託宣を聞けるのは俺一人だ。木が飽きたようだと嘘をついて、逃がして……いや、だめだ）

突然供物を捧げるのをやめたら、おそらく妖樹は新しい託宣を与えなくなるだろう。父たちは怪しみ、自分たちでもう一度譲をつかまえてきて妖樹に捧げようとするに違いない。何しろ住所から在籍する大学までわかっている。父たちが、興信所などを使って本気で調べたら、譲はすぐ見つかって捕らえられてしまうだろう。

（単に逃がすだけでは、譲を解放することはできない。どうすればいいんだ？　本当の意味で譲を自由にするには……）

一つの考えが、他来の思考を直撃した。

（馬鹿な……!!）

落雷にも似た衝撃に足がよろめく。他来は板戸にもたれかかった。

（まさか、いくらなんでも……枝子の俺が……？）

天地をひっくり返すような、思い浮かべるだけでも不敬と罵られそうな考えだった。少なくとも、真葛生の家に育った者にとっては。

だが一度心に浮かんだ思いつきは容易には消えてくれなかった。

茫然としていた時、親族の一人が廊下の角を曲がって現れた。板戸にもたれかかっている他来を見て、老人は皺だらけの顔に不審そうな表情を浮かべた。

「何をしとる？」

「あ……ちょっと、立ちくらみがして」

声をかけられて我に返り、他来は適当なことを言ってごまかした。老人が眉をひそめた。

「体は大事にせいよ。次の枝子が生まれるまでは、お前以外に誰も御神木の声を聞けんのじゃからな。倒れたりされてはかなわん」

厠《かわや》のある方へと歩いていく、腰の曲がった後ろ姿を見送り、他来はほろ苦い思いで口の端を上げた。この屋敷の人間にとって、自分は単なる伝声管だ。それも出来の悪い粗悪品でしかないのだ。

（何を今さら。最初からわかっていたことなのに）

話しかけられたおかげで、物思いから覚めた。さっき座敷牢で聞いた騒ぎは、まだ続いているようだ。他来は裏庭へ向かった。

近づくにつれ、罵声がより一層はっきりと聞こえてきた。野太い声でわめいているのは日出男だ。他に、父や分家の叔父もいるらしい。犯人とか、忍び込んでとかいう言葉が聞こえてくる。

いやな予感がした。

下駄をつっかけて裏庭へ回ると、五、六人が集まっているのが見えた。父と、従兄たちだ。年寄り連中はすでに寝ついたのか、それとも荒っぽい騒ぎは若い者に任せておこうと思ったのか、出てきていない。

真ん中には、殴られたように顔を腫らし、後ろ手に縛られた青年が引き据えられていた。昼間にマンションで会った、遠藤孝二だ。

拘束され、取り囲まれているにもかかわらず、臆する様子はない。眉を吊り上げ、皆を順繰りににらみつけて、わめいている。

「譲に会わせろよ、ここにいるんだろ⁉　お前らが誘拐したのはわかってるんだ！」

馬鹿、とどなりつけたくなった。

単なる泥棒のふりをすれば、警察に連れていかれるだけですんだかもしれないのに、譲のことを口に出した以上、孝二は無事ではいられない。だがもう今さら止めても遅い。

「お前らが譲に何をしたか、オレは見たんだ！　全員警察へ突き出してやる‼　変な蔓草を植えつけて人体実験なんかして、マスコミが知ったら飛びついてくるぞ！　それがいやなら譲を出せ！」

孝二にはまだ、自分がどんな危地に陥っているのか、わかっていないらしい。拉致監禁を平気で行う者たちなら、それ以上の犯罪も平気で実行するかもしれないと、なぜ思い及ばないのだろう。

（てっきり、この青年が譲を助け出して、逃がしてくれると思っていたのに……種のせいで、失敗するなんて）

譲が屋敷を脱出するという託宣を思い返し、他来はひそかに舌打ちした。

妖樹の託宣は、言語思考の形を取ることもあれば、断片的な映像として映る時もある。

譲が屋敷を脱出する場面は、日出男たちに釘を刺したあとで祠へ行った時、与えられたものだ。幹に手を当てた瞬間、鮮明な映像として伝わってきた。

ほんの一瞬だったが、くっきりと頭に残っている。

孝二が軽四輪を運転し、譲は助手席でぐったりと目を閉じていた。揺れていたカーアクセサリーや、シートの色、Tシャツの上にベストを着てカーゴパンツをはいた孝二の服装まで、正確に覚えている。昼間、譲のマンションで会った時はTシャツにジーンズだったが、一度帰宅して着替えてきたらしい。

日出男たちの、譲に対する容赦のない仕打ちを見て、あまりにも不憫《ふびん》に感じていた。譲が逃げ出すならそれもいいと思い、わざと誰にもこの託宣のことは告げなかった。

けれども譲が消えたことがわかって騒ぎになったあと、妙な胸騒ぎがし始めた。屋敷を出て足の向くまま歩いていたら、孝二に犯されて逃げてきた譲を見つけた。自分が受け取った託宣は、車に乗せられて逃げ出す譲と孝二の姿だけだったが、本当は、あのあとに妖樹の種子が動き出して、孝二が譲を犯す様子が続くはずだったのかもしれない。

(わかっていたら止めたんだ。譲がますます傷つくと、わかっていさえしたら……)

断片的な映像しか受け取れなかった自分は、やはり、出来損ないの枝子だ。

（……ん？　おかしい）

他来は不審感を覚えた。託宣で見た、助手席で目を閉じている譲は、浴衣姿ではなかった。足首には包帯を巻き、シャツとジーンズを着ていた。

（託宣が間違っていたのか？　親木に見せられた光景のつもりでいたけれど、実は俺が潜在意識で作り上げた空想で……いや、そんなはずはない）

自分の空想なら、昼間とは変わっている孝二の服装まで正確に当てられるはずがない。ならば、残る可能性は——。

（託宣はまだ現実になってはいない……これから起こるのか？）

そうとしか考えられない。譲は孝二に連れられて、もう一度この屋敷を脱出するのだ。そして今度こそ、妖樹から完全に解放される。

（そういうことか……）

自分しかいない。他の者には無理だ。枝子の自分にしかできない。

静かな決意が他来の心を満たした。

わめいている孝二の肩を、日出男が片足を上げて蹴《け》るのが見えた。まわりの人間は誰も止めなかった。転がった孝二を見下ろし、父がねちっこい口調で言う。

「ただの泥棒ではなかったわけか。供物や御神木のことを知られたとなると、外へ出すわけにはいかんな……」

「ど、どういう意味だ?」

「お前が塀を乗り越えて屋敷に入ってきたのは事実だ。あとは、これだけの人数が口裏を合わせれば、どうにでもなる。強盗に押し入られ、家人と揉み合いのあげく、はずみで強盗が自分の武器で胸を刺して死んでしまった、とでも言うかな」

「!」

体を起こして座り直した孝二の顔に、動揺が走った。

「冗談はやめろ! お前ら、まさかオレを、殺す、気……」

皆の顔に浮かんだ酷薄な薄笑いに気づいたらしく、孝二の言葉が途切れる。そろそろ頃合いだと判断し、他来は近づいていった。

下駄の音に気づいたのか、日出男が振り返り、蔑むように呼びかけてきた。

「来たのか、他来。供物は逃げ出すわ、こいつが屋敷に侵入するわ、重大なことばかり起きてるじゃないか。なのになんの注意もしないで……託宣ではわからなかったのか? 出来損ないの枝子。俺が見つけなかったらどうなってたと思うんだ」

暗に、御神木は危機を告げていたのに、他来の能力が低いためにわからなかったのだろうと皮肉っている。父や他の従兄たちの顔にも同じ色があった。

「俺が何も言わなくても譲は戻ってきたし、不法侵入者はこうしてつかまっただろう」

「よく言うぜ」

「この男には、屋敷の中まで来てもらう必要があった」

孝二を視線で示したあと、他来は父に向かい、さっき頭の中でまとめた考えを口に出した。

「御神木がお望みです。二人、ほしいと」

ざわめきが広がった。

「馬鹿な」

「男が供物というだけでも珍しいのに、二人など……今までなかったことだ」

「他来、お前が託宣を間違って読み解いたのではないのか」

不審の声を無視して、他来は孝二に話しかけた。

「お前はさっき譲を連れ出して逃げる途中で、御神木の種が伸ばした蔓に手助けされて、譲を抱いたな？」

「な、なぜそれを……!!」

愕然とした様子で問い返し、孝二は不意に顔を歪め、視線を地面に落とした。

「譲に、聞いたのか……？」

苦しげに寄せた眉のあたりに、後悔と自己嫌悪がにじみ出ていた。

人の輪が揺らぎ、ざわめいた。

「馬鹿な。真葛生の者以外が、供物のお下がりをいただけるはずはない。御神木がそんなことを許すものか」

「しかし今の顔は……どう見ても、図星を指された顔だ」

「そういえば、蔓のことを知ってたのがおかしい。普通なら、よその人間に知られた時点で御神木が口を塞ぐはずじゃないか？」

「なぜだ。御神木はなぜこんな部外者に、御利益を与えたんだ」

口々に言い合う声を聞きながら、孝二はうなだれている。

譲のマンションで出会った時、孝二の態度はひどく攻撃的だった。けれども他来はそのことに、悪い印象を持ってはいない。譲を案じる気持ちゆえとわかっているせいだ。樹液の催淫作用で譲を無理矢理犯したとはいえ、それを指摘された今、ふてくされもしなければ、妖樹にすべての責任を負わせるでもなく、心から自分の行動を悔やむ様子を見せている。多少直情径行な面はあるにしても、本来は後輩思いの好青年なのではないかと思う。

ここからが正念場だ、と自分に言い聞かせて、他来は親族たちを見回した。

「供物の胸に、種が植えられていたのはお気づきでしょう？　あれは、御神木が特に気に入った供物に植えつける印です。逃げ出そうとすれば、蔓を伸ばしてその四肢をからめとり、必要があれば犯して、抵抗力を奪うために……それにもかかわらず、供物はいったん屋敷の外へ連れ出された。つまり御神木の種は、この男が供物を連れ出すのを邪魔しなかったのです。なぜか、おわかりになりますか」

皆が顔を見合わせる。他来は言葉を継いだ。

「理由はただ一つ。この男に供物を犯させるためです。供物を充分に乱れ狂わせ、御神木に精気を供給するために、もう一人の存在が必要だと、御神木はお考えになった」

口からでまかせの大嘘だ。

だがこの嘘を皆に信じさせなければ、孝二は殺されるかもしれない。そしていずれは譲も命が危うくなる。

「御神木はすでに老木と呼ばれる時期に入りかけています。そのため今までのような普通のやり方では、供物から充分な精力を吸収できず、御利益を真葛生の家に与えられないと……だから今宵《こよい》、もう一人を罠《わな》にかけておびき寄せる。すぐにつかまるから、今までの供物と二人揃えて祠に捧げよというのが、今晩の託宣でした」

「にわかには信じられんな……今までそんな例はなかったはずだ」

父が眉をひそめた。無理もない。自分が父の立場でもそう感じるだろう。

孝二は細かい事情まではわからないのだろうが、不穏な気配は感じているようだ。うなだれていた顔を上げ、不安と反発が交じった目つきで、他来を見ている。しかし今、事情を説明することはできない。父や日出男たちと一緒に、騙《だま》されてもらおう。

「今回は、今までにないことばかり起こっています。種を植えつけられている供物が屋敷の外まで逃げ出したことといい、御神木が真葛生家の人間ではない者に、供物を抱くのを許したことといい。人間が刺激に慣れるのと同じように、御神木も普通の方法に飽き足らなくなって、いろいろ試そうとなさっているのでしょう。……信じられないとおっしゃるなら、仕方がありません。自分はただ託宣を伝えているだけです」

突き放した言い方をしてみせたら、ざわめきが起こった。皆が顔を見合わせ、他来と孝二を見比べてひそひそと話し合う。

他来はきびすを返した。

「どこへ行くんだ、この野郎！」

「自分の部屋だ。着替えてくる。こんな普段着で祠に入れるものか」

咎めてきた日出男に言い返したあと、父に向かって告げた。

「着替えてから、供物を連れて祠へ行きます。その男を祠へ運んでおいてください。御神木がすでにこの男に御利益を与えている以上、清めは無用です。御神酒の支度もできていませんし……譲と違ってすばしこい男ですから、うっかり縄を解くと逃げられるかもしれません。縛ったままで、お願いします」

ここで孝二に逃げ出されては、自分の計画に支障が出る。

返事を待たずに、他来は歩き出した。

おそらく皆、半信半疑というところだろう。だが疑いながらも、結局は言うとおりにするはずだ。妖樹の機嫌を損ねて御利益を受けられなくなることを、父たちは何より恐れている。

他来の部屋は、屋敷の奥まった場所にある離れだった。妖樹に捧げられたあとの譲が輪姦されるのとは、また別の建物だ。以前は、先代の枝子だった大叔父が居室にしていた。

他来は床の間に近づいた。

いつ誰が作った設備かはわからないが、地袋の天井が二重になっていて、弁当箱程度の大きさの物なら隠せる。大叔父が、死ぬ一ヶ月ほど前にこのことを他来に教え、中身を燃やしてくれと頼んできたので知ったことだ。もともと目が不自由なうえ、病んで寝ついた大叔父には、自力での処分ができず、他来に打ち明けたらしい。隠してあったのは、女の名が記された白紙に包んだ、一房の黒髪だった。色褪せた手跡は女文字のように見えた。

大叔父は枝子の習わしに従って独り身を通したから、その女とは別れてしまったのに違いないが、それでも髪一房を形見にと残すような、ゆかしい相手と大叔父が心を通わせたのだと知って、胸の奥が温まったのを覚えている。

しかし今、他来がこの隠し場所から取り出したのは、そんな色めいた品物ではなかった。密封式の小さなポリ袋だった。

中には白色の粉末が入っている。

妖樹の蔓には、イボのような多肉質の葉がたくさんついている。それを傷つけて得られる汁を、乾燥させて残ったのが、この粉末だった。

本来、枝子は虚弱体質の者が多い。しかし他来は常人と変わらない健康な体を持ち、それと引き替えのように、枝子としての能力に不足が多かった。侮った屋敷の者たちが、『御神木のお世話は、枝子がするべきだ。先代までの枝子ならともかく、他来にはそれができるのだから……』と言いたてて、祠の掃除や供物の世話を押しつけてきた。

譲の前に妖樹が求めた供物は、他来の母だ。だがそれから妖樹が一切供物を求めなかった二十数年の間に、妖樹の歓心を買おうとして——あるいは、他来よりも優れた枝子を得たいと思ったのか——一族の長老格が集まって相談し、女を連れてきて捧げたことが、何度かあった。しかし妖樹はお義理のように一、二回犯して終わりにするか、あるいはまったく触れないかで、新しい枝子は得られなかった。女には麻薬を与えて記憶を濁らせ、そのうえで金を与えて帰らせた場合もあり、供物のお下がりを望んだ親族の誰かが娶《めと》った場合もある。

こういう出来事を眺める間に、他来は妖樹と枝子、供物の関係について深く考えるようになった。

考えるばかりでなく、いろいろ調べた。

妖樹を傷つけたらどうなるのか、枝子としての能力を高める物質はないか、妖樹の葉や根を煎《せん》じた汁には何か効用はないのかなど——研究者でもなんでもない素人《しろうと》ができることなどたかが知れていたが、それでも他来は家人の目を盗んで、調べ続けた。祠の掃除の際に、蔓の端を鋏で切ったり樹皮を削ったりしても、妖樹が怒ることはなかった。木自体を枯らすほど傷つけたわけではないから気にならないのか、供物を犯すこと以外にはまったく興味がないかのどちらかだったのだろう。

そうして試した物の一つが、妖樹の葉を傷つけて得られる液からできた粉末だ。

他来が望んだような、枝子の力を強化する作用はなかった。自分で飲んでも吸入しても、まったく変わらなかったのだ。失望しつつも、他の使い方がないものかと粉末を前に思案している時、父がいきなりこの部屋に入ってきた。うろたえて隠そうとしたら、その他来の動きで風が起こり、父が粉末を吸い込む格好になってしまった。

次の瞬間、父は昏倒《こんとう》した。眠っていた時間は、十分くらいだったろう。目を覚ました時には自分が眠ったことさえ覚えておらず、畳の縁につまずいて転んだと勘違いしていた。

これは役に立つかもしれないと思い、その後も相手を選んでこっそり嗅がせたり、飲食物に混ぜたりして、実験してみた。体格や吸い込む粉の量に左右されるものの、十分から三十分くらいは眠らせることができるようだった。樹液と似た作用があるのか、たまに夢精してしまう者がいたが、それ以外はなんの影響も残さない。

その後も樹皮や根を煎じた汁など、いろいろ試してみた。はっきりとした効果を示したのは、葉の汁から得た粉末だけだ。だからその後も少しずつ作り溜めておいた。

(使うなら今だ。今夜しかない)

千載一遇の機会だった。

譲に植えつけられた種子は、自然に取れた。今なら譲を自由の身にすることができる。

明日になれば、再び譲は妖樹に犯される。二つ目の種子を植えつけられないとも限らない。

そうなれば譲はまた、見えない鎖で縛られた囚われ人も同様だ。自由にはなれない。

(これ以上、供物の役目を続けさせるわけにはいかない)

たとえそれが、親木への反抗につながるとしても。

とはいえ簡単に成功するはずがない。一度譲が逃げたこと、自分が譲の脱走や孝二の侵入を告げなかったことで、皆の心には警戒心が芽生えている。

(皆を眠らせて、譲を逃がそう)

白衣と袴に着替えた他来は、例の粉末をすり込んだ手拭いと、余った粉の入ったポリ袋を懐に入れて、座敷牢へ向かった。

気配を聞きつけたのだろう。譲は親鳥の帰りを待つ雛《ひな》のように、格子に身を寄せて待っていた。他来を見て微笑んだものの、白衣に袴という姿に気づいたらしく、不安げに眉を寄せた。無理もない。自分がこの格好になるのは祠へ行く時だけだ。

「また、供物ですか?」

諦めたように呟き、格子にすがってのろのろと立ち上がる。

「あ……大丈夫です。足、そんなに痛くはないですから……ちゃんと、できます」

譲は微笑んだ。無理に作ったとしか思えない笑顔だった。

妖樹と話ができる枝子の自分を前にしているのに、親木を説得して供物の役目から外してくれとは、言い出さない。それどころか、板挟みになる立場の他来に気を遣わせまいとしてだろう。譲は大丈夫だと自分から微笑んでみせた。

健気《けなげ》な心根に、胸が痛んだ。逃がそうという決意がますます強まった。

くぐり戸を開けて座敷牢の中に入り、他来は、途中で寄り道をして取ってきた風呂敷包みを、譲に差し出した。

「浴衣では動きにくいだろう。これに着替えるんだ」

風呂敷をほどいた譲は怪訝《けげん》な顔になった。中身は、拉致された時に譲が着ていた服と持ち物だ。

「どうしたんですか、急にこんな……さっきの騒がしい声って、なんだったんです？」

他来は声をひそめて答えた。

「遠藤孝二……君の大学の先輩だ。また屋敷に忍び込んできて、つかまった」

「孝二さんが⁉」

「大声を出すな。……君を無理矢理抱いたことを、心から後悔しているようだった。多分、いなくなった君を捜して助けるために、もう一度ここへ来たんだ」

「……」

「日出男に見つけられて、つかまってしまった。このままだと口封じのために殺される」

「そんな！」

「わかっている。……助けて、逃がす。譲、君も一緒にだ。体に植えられた種は外れたし、逃げるなら今しかない」

孝二がつかまり殺されるかもしれないという知らせは、かなりのショックだったらしい。不安そうに顔をこわばらせて、譲は浴衣を脱ぎ始めた。

その間に他来は、父たちに偽の託宣を聞かせて孝二を祠へ連れていかせたことを説明した。表門からも裏門からも遠い祠は、その後の脱出を考えればあまりいい条件ではないのだが、他に言いようがなかった。鍵のかかる土蔵などに孝二を閉じ込められたら、助け出せなくなるからだ。かといって、もし孝二を逃がせなどと直接的なことを言えば、いくら他来が託宣だと主張しても、父たちは従わなかったに違いない。

コットンシャツとジーンズに着替え、譲は、携帯電話や財布が入ったバックパックを背負った。

「靴もはいておくんだ。いつでもすぐ逃げ出せるように」

そう言って先に廊下へ出た他来は、くぐり戸を抜け、自分についてくる譲の方を振り返った。左脚を軽く引きずっている。大丈夫だろうか。

「杖か何か持ってくればよかったな」

「いえ。包帯のおかげでテーピングしたみたいになってるから、大丈夫です。それより他来さん、本当に……」

言いかけて、譲が顔をこわばらせ目を大きく見開いた。視線は他来の背後に向いている。

はっとして顔を戻した。廊下の角を曲がって、昌義が現れたところだった。さっき他来が告げた偽の託宣に疑いを持ったか、あるいは誰かに言いつけられて様子を見にきたのだろう。

「おい、なんだよ？　供物にそんな格好をさせて……」

昌義はぽかんとした顔で言いかけた。だが譲の、家の中だというのにスニーカーをはいた足下に目をやり、ハッとした表情になった。

「他来、お前……!?」

物も言わずに他来は昌義に走り寄った。懐から引き出した手拭いで、昌義の横っ面をはたく。手拭いにすり込んでおいた粉が、昌義の顔を直撃した。小さな咳を一回しただけで、昌義はずるずると廊下に崩れ落ちた。眠りに落ちたようだ。

賽《さい》は投げられた。

あとは、出会う相手を片っ端から眠らせて、譲と孝二を逃がすしかない。

立ちすくんでいる譲の方へ駆け戻った。

「な、何をしたんですか？」

「眠らせただけだ。即効性の薬で……急ぐぞ。騒ぎにならないうちに祠へ着いて、孝二を助け出す」

奥庭へ出るまでに、もう一人、眠らせた。庭へ出たあとは、人に見つからないよう物陰を縫って進んだ。

（問題は、祠だ）

祠には少なくとも五、六人はいるはずだ。さらに、日出男や父は、自分の行動に不審を抱き始めているから、さっきの『孝二が供物として求められている』という言葉が本当かどうか、孝二と譲を地下室へ落とすところまで見届けるつもりでいるだろう。

彼らが譲の服装を見れば、逃がそうという他来の真意はすぐにばれる。一緒に連れていかない方がいい。

大きく丸い黄楊《つげ》の植え込みを示して、他来は言った。

「譲。俺は祠へ行って、孝二を助け出してくる。この陰に隠れて待っていてくれ」

「でも……」

譲が不安げに目を瞬く。安心させるつもりで、他来はその肩に手を置いて言った。

「大丈夫だ。父たちが君のあとを追うようなことにはしない。二人とも、必ず無事に逃がす」

「……他来さんは、どうする気なんですか」

人に聞かれることをはばかったのだろう、抑えた声だった。けれどおそらくは座敷牢を出た時から、ずっと心の中では不安を覚えていたのに違いない。瞳をうるませ、唇をわななかせて問いかけてきた。

「どうして僕と孝二さんを逃がすって言うだけなんです？　他来さんはどうするつもりです、一緒に行ってくれないんですか？」

「……」

他の相手ならともかく、譲に嘘はつきたくなかった。他来は黙ったまま目を逸らした。しかしそれで納得してもらえるわけがない。

「さっき僕が連れ戻された時、他来さんはみんなから責められてた。もう少しで吊るし上げになりそうだったじゃないですか。まして今、僕と孝二さんを逃がしたりしたら、無事ではすまないでしょう？　それなのに……」

「俺のことなら心配ない。いいから、ここにいろ」

強い口調で遮って、他来は背を向けた。おとなしい気性だから、このまま指示に従ってくれるかもしれないと期待したのだが、

「待ってください！」

周囲をはばかって声量を抑えた、けれどその分必死な気配の伝わってくる声音で言い、譲は他来の腕に手をかけた。

「一緒でないのなら、逃げたりできません。あとで他来さんがひどい目に遭うのがわかってて、そんなの……一緒に行くって、約束してください。他来さんがいないのなら、いやです。僕は……!!」

やはり諦めてはくれないらしい。

答える代わりに、他来は体を反転させて譲に向き合い、抱きしめて口づけた。

「……！」

ごまかそうとしていると感じたのか、譲は一瞬もがく素振りを見せたが、舌で歯を探ると抵抗をやめ、おとなしく口を開いた。

舌先に乗せた粉末を他来は譲の口に押し込んだ。

譲の体が短く痙攣《けいれん》した。背を向けていた間に、自分が懐へ手を差し入れて例の粉末を一つまみ口に含んだことなど、譲は気づかなかっただろう。細い体が、糸を切られた操り人形のように力なく崩れかかってくる。

正体をなくした譲を植え込みの陰へ押し込み、他来は心の中で詫びた。

(すまない。だが俺が一緒に行くわけにはいかないんだ)

譲を安全に逃がすためには、どうしても片づけなければならないことがある。樹液が効かない自分にしか、できないことだ。

ふと、大叔父の言葉が頭に甦った。

『枝子は人と御神木の狭間の存在ゆえ、つらいことも多い。しかしな、お前にしかできぬことがある』

苦笑がこぼれた。

大叔父は決して、この日を予期して他来にそう言い聞かせたわけではあるまい。学校にも行かず、一生を屋敷の内で送った大叔父の理非善悪は、妖樹を軸に回っていた。自分は先代

の枝子より劣る、託宣を隅々まで聞き取れないと悔やみ、自身を卑下していたことはあった。しかし妖樹の託宣に疑いを持っていた様子はなかった。御神木と呼び、崇めていた。

そういえば、自分が御神木という言葉を、人の前でしか口に出さなくなったのはいつからだろうか。いつのまにか、胸の中ではただ『木』と呼び捨てていた。

級友が供物に求められそうになり、自ら命を断った母の生涯を考え——はたして妖樹に供物を捧げることが正しいのかどうか、考えるようになった頃からかもしれない。草木にまぶれつく油虫のように、妖樹に仕えその甘い汁を吸って生きる真葛生家の因習と、世間一般の常識や倫理の間にずれがあることに気づいた時、自分は、妖樹を崇めることができなくなった。

妖樹に対する畏怖の念が消えたわけではない。けれども譲を守りたいという思いは、それよりも強い。

(供物を捧げる必要がなくなれば、誰も譲を追おうとはしないはずだ)

守るためには、自分は一緒に行けない。

(その方がいい。ここで起こったことなど、悪い夢だと思って忘れて、普通の人間らしく生きていってくれれば……)

孝二が譲の力になるに違いない。不運にも樹液に酔って譲を犯し、関係にひびを入れてしまったようだが、誘拐された後輩を助けに単身乗り込んでくるなど、なかなかできることではない。彼の真情に気づけば、そのうち譲が心に負った傷も癒えるだろう。

孝二でなくてもいい。気弱だけれど、その分譲は優しく素直な性格だ。きっと他にも譲を理解し、愛する人間が現れる。

（きっと誰か……普通の人間が……）

自分は枝子だ。人と妖樹、どちらにも属しているようで、どちらでもない。ほんの一時でも、心を通わせる相手にめぐり会えたことで、満足すべきだろう。

そう自分に言い聞かせて、他来は立ち上がった。

孝二の救出は思ったよりもたやすく成功した。

祠に着いてみると、父や従兄たちは、縛り上げた孝二とともに中にいた。孝二まで眠ってしまっては、譲を連れ出す者がいなくなる。一計を案じた他来は、祠の外で『供物が逃げた』と騒いでみせた。驚いた皆が、孝二を残して外へ飛び出してきたところで、粉末をぶちまけた。ばたばたと昏倒するさまは、見ていて楽しくなるほどだった。

念のため、倒れた全員の顔に、一つまみずつ残りの粉を撒《ま》いた。これで三十分近く時間が稼げるはずだ。

祠に入った他来は、孝二の縄を解きながら言った。

「皆を眠らせた。譲は庭に隠れている。案内するから、連れ出してここから逃げてくれ」

「……マジか？」

今までの経緯を考えれば、孝二が疑うのは当然だ。しかし事情を説明している暇はない。

「時間がないんだ。信用しろ。三十分もすれば薬の効果は切れる。車のキーは？　取り上げられたのか？」

「いや、ベストのポケットに入ってる。……本当に、逃がしてくれんのか？」

「くどい」

半信半疑といった表情の孝二を祠から連れ出し、譲を隠してある植え込みへ案内した。眠っている譲を見つけ、ようやく孝二の顔から疑いの色が消えた。目を閉じている譲の肩に手をかけ、揺さぶる。

「譲っ！　おい、どうしたんだ!?」

他来はあたりの様子に気を配りながら、小声で説明した。

「何やかやと言うから、薬で一時的に眠らせただけだ。裏口まで案内する。目が覚めて騒ぎ出さないうちに、連れていってくれ。譲は左足を挫いているんだ、頼んだぞ」

「なんで騒いだりなんか……逃げるチャンスだってのに」

不意に言葉をのみ込み、孝二は譲と他来の顔を見比べた。迷いの色が瞳の中で揺れた。

「オレたちを逃がしてくれるのはいいけど、あんたは、どうするつもりなんだ？」

その質問には答えずに他来は、ぐったりしている譲を孝二に背負わせた。

「裏口はこっちだ。来い」

急がなければならないことはわかっているのだろう。孝二は素直に譲を負ぶって、あとについてくる。

裏門の鍵を内側から開け、そっと道にすべり出た。

「車は？」

「あっちに停めて……ああ、あれだ」

塀際に小型車のシルエットを認め、他来は頷いた。キーが取り上げられず孝二の手元にある以上、車をいじられてはいないだろう。

「早く、逃げてくれ」

「……あんたは？」

ためらいがちに、孝二は問いかけてきた。唇を噛んだあと、このまま去るのを潔しとしない表情で、他来を見つめる。

「オレが無理矢理、その……犯《や》っちまった時に、こいつはあんたの名前を呼んだんだ。助けてって泣きながら……他来さん、って」

他来の胸の奥がきしんだ。そんな話は、聞かせてくれなければよかったのにと思った。

譲は孝二の背で、眠りこけている。あどけないといってもいいほどの、無垢で無邪気な寝顔だった。

愛おしさから手を伸ばしたくなるのをこらえて、他来は孝二に告げた。

「君がおかしくなったのは、樹液の揮発成分に狂わされたせいだ。譲の体に巻きついた蔓が、樹液を分泌していただろう。あれには催淫作用がある。譲もそのことは知っている。だから必要以上に自分を責めるな」

「そうだ、あの蔓！ あれ、いったい何なんだよ!?」

「化け物だ」

「って、そんな簡単に言うなっつの……今時……」

「時代に取り残された家に巣くった化け物だ。……悪い夢を見たと思って、忘れろ。この家の者たちが君や譲を追わないよう、ちゃんと手配りをしておく」

「オレたちを逃がして、あんたはどうする気だ？」

「つかまった時の話でわかっただろう。俺はこの屋敷の中で特殊な立場にある。多少の無理は通るんだ。心配するな」

困惑顔の孝二に嘘をついて、他来は門の中へ戻ろうとした。それを孝二が呼び止めた。

「ま、待てよ！ こいつは……譲は……」

口ごもったあとで、孝二は苦いものを無理矢理飲み下すような表情になって、呟いた。

「譲は、あんたのことを、好きなんじゃないのか……？」

そうであっても、何ができるだろう。今の自分にできるのは、この屋敷から逃がし、供物の立場から解放することだけだ。他来は苦く笑って首を振った。

「ストックホルム症候群という言葉を知っているか?」

「え? なんか、聞いたような気も……」

「俺も新聞か何かで読んだだけで、詳しくは知らないが……誘拐された人間が、意に反して監禁されているというストレスから逃れるため、本来なら憎むべき拘束者に対して逆に好意を抱いてしまう。そういう状態のことだそうだ。ここを逃げて、元の生活に戻れば、きっと譲は落ち着くだろう。……君が支えてやってくれ」

「だけど」

「時間がたてば、皆が目を覚ます。追っ手がかからないようにするための準備が必要だ。俺の手配が遅れたら、何もかも無駄になる。いいか。譲はこの屋敷の者たちに、住所も大学も知られているんだぞ」

「!」

「早く行け。今度つかまったら、本当に二人ともあの蔓に犯されることになる。そうでなければ、口封じに殺される。どちらかだ」

実際に見ているだけに、孝二も妖樹の恐ろしさはよくわかっているらしい。口をつぐみ、後ずさった。

「……譲を頼む」

呟いた声は、届いたかどうか。だがこれ以上言うのは未練だし、時間が惜しい。

他来は戸の内へ身をすべり込ませて、裏口を閉ざした。

身をひるがえし、走った。向かったのは土蔵だ。幾棟もある土蔵には、骨董品《こっとうひん》や書画などを収めてあるものもあったが、目当てはそこではない。他来が向かったのは、普段使いの季節物を入れてある蔵だった。値打ち物は入っていないし、妖樹の力によりこの屋敷に災難は起こらないと皆が信じているために、鍵はかかっていなかった。

重い戸を開け、他来は蔵の中へ踏み込んだ。星明かりが薄く差し込むだけだったが、暗さに慣れた目は、たやすく目的の物を見つけ出した。ポリタンクだった。冬に買い置きしすぎて、使いきれなかった灯油が入っている。

これだけの量があれば、目標物を燃やすには充分だろう。

他来は満足して微笑んだ。

第5章

下からの衝撃で、何度も体を跳ね上げられる。揺すられる。

(いや、だ……もう、いやだ……助けて……)

忌まわしい記憶が悪夢に代わって、譲を責めた。

「あ、ぁ……やめ……」

「譲？　気がついたのか？　譲！」

すぐ横から、大きな声が聞こえる。孝二だ。譲は目を開けた。

自分は孝二の車の助手席に座っていた。何度も乗せてもらったから、よく知っている。グローブボックスに突っ込んであるロードマップや、カーアクセサリーに見覚えがある。

(え？　なんで……？)

一瞬、状況がつかめなかった。

どうしたというのだろう。自分は確か、真葛生家から逃がしてくれるという他来に連れられ、庭まで行った。そして唇を重ねて――。

「……他来さん！　他来さんっ!?」

譲は跳ね起きた。名を呼びながら、夢中であたりを見回す。だが自分の右側で運転しているのは孝二だし、左側は車のドアだ。窓の外を、夜の田舎の風景が流れていく。首をひねって見やった後部座席にも、他来の姿はない。

あの時、他来はただ、自分と孝二を逃がすと言った。自分の『一緒に行くと約束してくれ』という言葉に返事をしなかった。

（まさか……）

頭の芯が冷たくなる。不安に、心拍数が跳ね上がる。譲は運転席の孝二に食ってかかった。

「他来さんは⁉ 他来さんは、どうしたんですか！」

孝二がブレーキを踏んだ。軽自動車はけたたましい音をたてて、道の真ん中に急停車した。

「落ち着け、譲！」

反動で譲の体が前にのめる。農道を走っていたのが孝二の車だけだからいいようなものの、後続車がいたら絶対追突されていたに違いない停まり方だった。

一度ハンドルに顔を伏せて長い息を吐いたあと、孝二は譲に顔を向けて言った。

「他来は屋敷に残った。……あいつが言ったんだ。二人で逃げてくれ、自分は追っ手がかからないように手配をするって」

譲の心臓が、見えない手につかまれたように縮こまった。

他来の『一緒に逃げる』ではなく『君を逃がす』という言葉を聞いてから、ずっと危惧《きぐ》していた。

「手配って、どう……」

震える唇から、勝手に呟きがこぼれた。孝二が左手でサイドの髪をがしがしと掻いた。

「詳しく聞いてる暇はなかったんだ。ただ、自分は屋敷の中で特殊な立場にいるから大丈夫だ、皆に言うことを聞かせられるって言ってた。今逃げなきゃ、二人とも……危ないからって」

「それで、他来さんを残してきたんですか！」

「あいつがそうしろって言ったんだ‼」

譲に倍する声で孝二はどなり返してきた。

「そうしないと、危ないって。お前は住所も学校も知られてるんだ。追っ手がかからないようにするために……そうまで言われて、俺に何ができるってんだよ！」

譲から視線を逸らし、フロントガラスの闇に目を据えて、孝二はまた左の髪を掻き回した。右利きの孝二が、苛立った時や腹を立てた時にだけ見せる癖だった。畜生、と小さく呟いてまたハンドルに顔を伏せてしまう。

譲と違って、孝二は詳しい事情を知らない。だから多少の不安はあっても、他来の、二人を逃がして屋敷に残っても自分は大丈夫という説明を、鵜《う》呑《の》みにしたのかもしれない。

しかし譲にはとてもそうは思えなかった。

逃げ出した自分を連れ帰った時でさえ、足をつぶそうという父親たちに一人反対したせいで、他来は激しい糾弾を受けていた。枝子の立場を利用するにも限度があるはずだ。

（でも、追っ手がかからないように手配って……いったい何を？）

考えれば考えるほど、動悸が激しくなった。

他来は、何か思いきったことを計画している。具体的になんなのかはわからないが、いやな予感としかいいようのないものが、胸の底からひたひたと潮のように押し寄せてくる。

（だめだ……他来さんを置いていったりはできない！）

決意が体を動かした。譲はロックを外し、ドアを押し開けた。

「譲！」

「すみません、孝二さん！　僕は戻ります！」

「待て！　お前……お前、さっきの自分がどういう状態だったか、わかってるのか!?　あんな……妙な蔓に、つかまって……」

孝二が譲の腕をつかんで、引き止めた。言いながらも苦しげに顔を歪めたのは、蔓と一緒になって自分が譲に何をしたかを、思い出したせいかもしれない。

「他来が言ってた。逃げなきゃ二人とも、あの蔓草に犯《や》られるか殺されるかだって！　だから連れ出して逃げてくれって言ったんだよ！　あいつがオレに!!」

「で、でもっ！」

「お前がオレを許せなくても仕方ないけど、でも……頼む！　今はとにかく逃げるんだ!!　戻って、もしまたつかまったら、今度こそ無事じゃすまないぞ！　またあんなことになってもいいのか!?」

譲の体が大きく震えた。

妖樹に弄ばれた記憶は、嫌悪感しかもたらさない。自分が快感に溺《おぼ》れて反応してしまったから、なおのこと厭わしい。また供物にされることを考えただけで、体温が下がる気がする。

孝二の言うとおり、このまま逃げてしまえば、もう妖樹に犯されることも、そのあと輪姦されることもなくなる。自分は安全になる。

迷いを見てとったのか、孝二は譲の目を見つめ、懇願に似た口調で説いた。

「頼む、譲。逃げよう。……自分の目で見てなきゃ信じられないけど、あの蔓は普通じゃない。化け物だ。あんなものにつかまってたら、お前は狂うか殺されるかだ」

確かに、妖樹のもとにいたら、いずれ自分はおかしくなってしまうだろう。

(だけど……他来さんは？)

他来はずっとあの木につながれていた。枝子の立場という、見えない鎖で。

置き去りにして逃げ出して、彼をまた独りにしてしまうのか。

冬の海に似た色をたたえた、切れ長の瞳が脳裏をよぎった。『楽しくて笑ったのは、ずいぶん久しぶりだ』と言った、照れくさそうな、かすかな微笑みが記憶に甦った。

自分以外に、他来を理解できる者はいない。妖樹に関《かか》わった者でなければわからない。

(行かなくちゃ……‼)

自分でも思いがけないほどの力が出た。譲は孝二の手を振りほどき、車の外へ飛び出した。

「譲!」

「戻ります‼ でなきゃ……僕らを逃がして、他来さんが無事にすむわけがないんです!」

孝二には本当にすまないと思う。けれど自分は他来を見捨てられない。譲は真葛生家の方へ向かって、左脚を引きずりながら駆け出した。

「やめろ! 譲、待てったら‼」

叫んで、孝二はあとを追おうとした。

しかしその時、胸ポケットで携帯電話が鳴り出した。一瞬躊躇したあと、孝二は譲を追って走る代わりに、携帯電話を開いた。このタイミングで鳴ったことが気にかかった。他来が何か注意を与えるためにかけてきたのかもしれないと思ったのだ。

だが液晶画面に映った名前を見て、孝二は舌打ちした。同じサークルの仲間だ。二、三日前に合コンの誘いを受けたから、きっとその話だろう。

考えてみれば、他来には自分の携帯電話の番号を教えていない。

「くそっ!」

時間を無駄にしたことに罵声を漏らし、孝二は携帯電話の電源を切った。

闇の中を透かし見たが、譲の姿は見えない。きっと必死で走っているのだろう。

けれども、こちらには車がある。まして譲は足を挫いている。多少引き離されていても、車で追いかければ、譲が真葛生家に着く前に追いついてつかまえられる。そう思ったからこそ、携帯電話を優先したのだ。

孝二は急いで運転席へ乗り込んだ。車を方向転換させる場所を探そうと、視線をめぐらせる。

その目が、燃料計に吸いついた。

「……マジか？」

ガソリンが、あとわずかしか残っていない。

給油してから日数がたっていないのになぜだと思ったが、この車は自分一人の物ではなく兄と共有だ。昨日か一昨日《おととい》か、兄が使って、ガソリンを消費したのだろう。

（畜生！　これじゃ譲をつかまえて乗せたって、途中でガス欠になるじゃんか！）

腹が立ったが、今この場ではどうしようもない。

少しでも燃料があるうちに、大通りへ戻って給油するしかなかった。

譲は夜道を走り続けた。他来に会って、何をどうするという目算があるわけではない。けれど彼を残して逃げることはできなかった。

やがて、翅を伏せた巨大な蛾を思わせる、屋敷のシルエットが見えてきた。妙にくっきりと、夜空に輪郭が浮き上がっている。屋敷の背後の空が、禍々《まがまが》しく赤らんでいるせいだと気づいて、譲は息をのんだ。

(火事!?)

そういえば中が騒がしいし、門が開け放たれている。消火や避難を促す声が聞こえる。火が出ているのは屋敷の奥の方らしい。塀の陰へ身を寄せて中を覗くと、見た覚えのある男が、バケツを手に走っていくのが見えた。

真葛生家の者に見つけられたら厄介なことになるのは、譲にもわかっている。人気《ひとけ》がないタイミングを見計らい、譲は門の中へ体をすべり込ませた。

これは失火などではない。もしそうなら、あの妖樹が他来に告げて、小火のうちに消し止めるよう、計らっているはずだ。

(他来さんが火をつけたんだ)

その他来は今、どこにいるのだろう。

『こちら……へ……』

ふと、自分を呼ぶ声が頭の中へ響いた気がした。妖樹の声のようでもあり、他来の声のようにも聞こえた。もともと、二つの声は似ている。

どちらであれ、家に火をつけたあと、他来の行く場所は一つしかないはずだ。

足首の痛みをこらえ、譲は祠へと急いだ。

消火に当たったり、家財道具を運び出したりするのに追われているらしく、祠のある奥庭に人気はなかった。

祠に近づいた譲は、愕然とした。

観音開きの戸の隙間から、細い煙が一筋二筋と立ち上っている。しかも焦げ臭い。

譲は扉を引き開けた。

「うわっ!」

白煙があふれ出す。飛びのき、煙の勢いが弱まるのを待って、そっと中を覗き込んだ。

祠の内側に炎は見えない。ただ、地下へ続く四角い穴から、明かりと煙が漏れ出ている。燃えているのは、地下室の中らしい。樹液の青臭くて甘ったるいにおいが消え、代わりに石油臭さが鼻孔へ突き刺さってくる。

手で鼻と口を押さえ、譲は祠の中へ駆け込んで呼びかけた。

「他来さん! いるんですか、他来さん!?」

「譲!? なぜ……」

狼狽の交じった声が聞こえた。譲は床に這いつくばり、穴の底を覗いた。

息をのんだ。

妖樹が巨大な松明《たいまつ》と化している。

燃えにくいはずの生木だけれども、灯油か何かをかけてから火を放ったのだろう。幹のあちこちに炎がまとわりつき、上部の細かく分かれた蔓の部分は、完全に火に包まれていた。

燃える妖樹のそばに、他来が立っていた。

床の穴から顔を突き出した譲に向かい、大声でどなる。

「何をしている、なぜ戻ってきた⁉　早く逃げろ！」

「た、他来さんこそ……上がってきてください！　そんなところにいたら、焼け死んでしまいますよ⁉」

炎を噴き上げる木のそばにいて、熱くないはずがない。それに木が燃えるにつれ、地下室の中には、空気より重い二酸化炭素が溜まっていくはずだ。

他来はゆるく首を振った。

「俺のことは気にするな。早く行け」

「他来さん……‼」

とっさに言葉が浮かばない。ただ名前を呼ぶことしかできなかった。

「君はたまたま運悪く木に見込まれて、供物にされただけだ。これ以上、この木に関わる必要はない。逃げろ。そして、この木のことは……この数日間のことは忘れてしまえ。何もかも忘れて、平穏に、普通に暮らすんだ」

こんなふうに言うのではないかと、予想はしていた。

けれど実際に他来の声でその言葉を聞くと、心臓が、針金か何かを巻かれて締め上げられたように痛んだ。

忘れてしまえと、言うのだろうか。妖樹にまつわることだけでなく、この数日間の、他来との関わりを――心を通い合わせ、唇を重ね、固く抱きしめ合ったことも、すべて。

「やめてください！　上がってきてください、お願いですから!!」

「もう決めたことだ。……譲。ありがとう」

首を振り、他来はにこりと笑った。

「君は、枝子に生まれたのは俺のせいじゃないと言ってくれた。あんなふうに言ってもらったのは初めてだった。嬉しかったよ」

白衣も白い袴も、整いすぎて時に冷たくさえ見えた顔も、煤《すす》に汚れている。けれどその表情は、譲が初めて見る、晴れやかな笑顔だった。

「だが枝子に生まれたこと自体はともかく、そのあとの俺の生き方は、俺の責任だ。君が供物として呼ばれた時、これは正しいことなのかと疑いながらも、俺は今までずっと、親木の意志を伝える役目を続けてきた。親木や、屋敷の者たちを止めようとはしなかった。君がいやがっているのを知っていたのに」

「他来さん……」

「これで終わりだ。終わらせる。……この木が生んだものは、すべて消えるんだ」

灯油を浴びせられ、火をつけられた妖樹は、苦しげに枝をねじり動かしている。焼け切れた枝が次々と地面に落ちて、炎の色をした蛇のようにくねる。焼けた枝が肩口をかすめて落ち、火の粉が体を包むように舞い散っても、他来はその場を動かない。

「……ああ、そうだ。これも木から作った物だった。もう必要ない」

呟いて、他来は懐に入れていた手拭いを固く丸め、燃えている妖樹に向かって放った。

即効性の眠り薬を仕込んだ手拭いは、敵ばかりの屋敷から逃げるためには、絶対に必要な品のはずだった。しかし他来はそれを火に投じてしまった。

他来は妖樹から譲へ視線を戻して微笑んだ。

「会えてよかった。……もう充分だ。早く、行ってくれ」

はっきりと譲は悟った。他来はここで、妖樹とともに死ぬつもりなのだ。

「いや、です」

唇が震え、勝手に拒否の言葉を紡いだ。自分の声が耳に届いた瞬間、譲は自覚した。

絶対にいやだ。他来がここで死んでしまうなど——他来を失うことなど、受け入れられない。認めない。

(他来さんは、死なせない……!!)

そう思った瞬間、譲は穴の底へと身を躍らせていた。

「何をする!?」

驚愕の声が聞こえた。穴から地下室の床までは七、八メートル、三階の窓から飛び降りるのに近い。まさか譲が、こんな思いきった真似をするとは思わなかったのだろう。

足から落ちた。さっき挫いた足首に、焼けた鉄塊を叩きつけられたような激痛が走る。譲は尻餅をついて、倒れ込んだ。

他来が駆け寄ってきて、譲を抱き起こした。

「馬鹿！　なんてことを……!!」

「馬鹿は他来さんの方だ！　ここで死ぬつもりでしょう、どうしてそんなこと……!!」

譲はどなり返した。他来の顔が苦しげに歪んだ。

「俺が今までしてきたことを思えば、何かの形で責任を取らなくては……」

「今まで今までって、それがなぜ死ぬことにつながるんです!?」

「俺には、他に思いつかないんだ。……それに枝子は、親木を離れては生きられない。親木のもとを離れた枝子は今までいなかった。自分でもわかっている。この屋敷が嫌いなのに、俺は外の世界にはなじめない」

「そんなの、やってみなきゃわからないでしょう!?　枝子かもしれないけど、今こうして、他来さんは木に逆らってるじゃないですか！」

熱気が押し寄せてきて、息が苦しい。涙が出てきて、目の前の他来の顔がぼやける。このまま他来が消えてしまいそうな気がして、譲は他来の襟をつかんだ。

「僕はいやだ、他来さんが死ぬなんていやだ！　僕を物じゃなくて、人として気遣ってくれたのは他来さんだけなのに……!!」

「譲……」

「こんな木なんかと、心中しないでください……僕は、いやです。絶対にいやだ。他来さんが、死ぬなんて……」

襟をつかんだ手を決して放すまいと思った。

特殊な力を持って生まれ、そのくせ出来損ないと蔑まれ続けた他来が、外の世界に出ることを不安がる気持ちはよくわかる。

以前、苦渋をにじませ瞳を曇らせた他来の表情を見て、誰かに似ていると感じたことがあった。

今わかった。あれは自分だ。

孤立し、疎外感を抱え、居所を見失いかけていた。

実家で父の再婚相手に嫌われ、大学入学を機に家を出るしかないと思いつめた。他に方法がないと思いながらも、新しい街での暮らしになじめるか、不安だった。孝二が自分に話しかけてくれなかったら、なかなか適応できなかったかもしれない。孝二との関係は思いがけない形で壊れてしまったけれど、それでも自分を引っ張り回すようにして、大学になじませ

てくれたことに対する感謝は、今も変わらない。

他来は自分が枝子だということに囚われ、人間ではない、化け物の子だと卑下している。その分だけ、外の世界に対する懼《おそ》れは根深いだろう。

(だけど他来さんは、誰より僕を気遣ってくれたんだ)

あの妖樹からどんな影響を受けているにせよ、他来自身にはなんの過失もない。ここで死ななければならない理由など、ありはしないのだ。

孝二が自分を導いてくれたように、今度は自分が他来を先導し、外の世界へ連れ出そう。きっと、そうしてみせる。

他来の瞳を真っすぐに見つめて、譲は言った。

「外へ出ましょう、一緒に」

他来が、妖樹の方を振り返った。

人の悲鳴にも似た断裂音をたてて、また一本、大枝が焼け落ちた。金の炎と、黒い煤を抱いた風が、妖樹を包んで踊り狂っている。けれども妖樹が、他来や譲の方へ蔓を伸ばしてくることはなかった。以前、譲を犯した時には自由自在に動いて譲の四肢を捕らえ、幹のそばまで引き寄せたのに、今は譲や他来を襲おうとはせず、炎に包まれて枝をくねらせているだけだ。

「俺は……ここを出ても、いいのか?」

親木の動きを見つめていた他来が、迷うように呟いた。譲は他来の肩に手をかけて揺さぶり、自分の方を向かせて、言葉を重ねた。

「いいんです。もう、あの木から自由になっていいんですよ。他来さん」

「だが……」

「外へ行きましょう。僕がずっと一緒にいます」

「……俺で、いいのか?」

他来の瞳が、さらに深い迷いの色をにじませて、譲を見つめた。

「俺は枝子だ。人間じゃなくて、あの化け物の……」

「そんなの、関係ありません」

最後まで言わせずに遮り、譲は強い口調で言い添えた。

「他来さん、言ってたじゃないですか。病院の診察や検診で引っかかったことはない、体は人間と同じみたいだって。だったら、何が人間と他来さんを分けるんです?」

体でないとしたら、心だろう。

しかし譲の知る限り、他来は誰よりも優しく自分をいたわってくれた。人一倍の心遣いを示してくれた。彼の心は妖樹と決して同一ではない。枝子という言葉で他来を縛っているのは、他来自身だ。

自分は他来が他来である限り、愛している。

「木から、自由になってください。……他来さんがこだわってる限り、いつまでも同じなんです」

他来がもう一度妖樹に顔を向けた。譲も、目で追った。

妖樹は炎に包まれ、金色の火の粉を花吹雪《はなふぶき》のように降らせている。供物として求めた譲にも、枝子の他来にも触手を伸ばそうとはせず、ただ、燃えている。自らの最期を悟って、悪《わる》足掻《あが》きはするまいとしているかのように。恐ろしく忌まわしい異形の怪物と知っている譲の目にさえ、その姿は不思議なほど荘厳で、美しかった。

他来の唇から、呟きとも言えないほどの小さな声が漏れた。

「そうか……。もう、自由になって、いいんだ」

自分の方へ戻ってきた他来の視線を受け止めて、譲はしっかりと頷いた。

足首を傷めている譲は、自力では鉄梯子を上がれない。他来が背負ってくれた。梯子を登りながら、他来は問いかけてきた。

「無茶をして。もし俺が親木のそばに残ると言ったら、どうするつもりだったんだ？　梯子を登れない以上、無事ではすまなかったぞ」

「それでも、よかった。一緒にいたかったんです」

「……気が弱そうに見えて、時々とんでもない無茶をするんだな」

他来が溜息をついた。けれど、決して不快そうではなかった。譲は黙って、他来の肩に顔を伏せた。

地下を脱出し、祠を出た。いつまでも負ぶわれているのは気が引けるので、譲は他来の背から下りた。塀や植木につかまりながらであれば、なんとか歩ける。

他来は自分の居室だった離れに火をつけ、人目をそちらに集めておいて、祠の地下へ行き、妖樹に放火したのだと言った。下手をすれば母屋に燃え移りかねないような、目立つ場所の火事に気を取られ、家人は皆向こうに行っているようだ。

おかげで祠の周辺は人気がない。このままうまく逃げられるかと思ったのだが——建物の角を曲がった瞬間だった。

日出男と出くわした。

距離は数メートル。きびすを返して逃げたところで、出口がないのはわかりきっている。

「他来……と、供物!?」

怒りの形相で、日出男はこちらへ駆け寄ってきた。

「お前が火をつけたんだな!?　出来損ないの枝子が、よくも……!!」

枝子という言葉を聞いた瞬間、他来の体がこわばったのが、横にいた譲にははっきりわかった。

「もう、枝子じゃない」

呟いて他来は、譲を後ろへ押しやった。かばうつもりだったのだろうが、勢いがよすぎて譲は尻餅をついた。

向き直った他来に、日出男がつかみかかってくる。重戦車の突進にも似た勢いだ。

「他来さんっ……‼」

転んだまま、譲は思わず悲鳴をあげた。背丈はともかく、体の量感がまるで違う。まともに格闘して日出男に勝てるはずはない。

だが他来はぎりぎりのところで、ひょいと横へよけ、片足を突き出した。

まともに足をすくわれ、日出男の巨体が地響きをたてて転倒した。

倒れた日出男の胸倉をつかんで引き起こし、他来はその横面を殴りつけた。遠慮も何もない、鈍くて重い音がした。今までされたこと、言われたことへの返礼だったのかもしれない。

襟をつかんだ手を放して、日出男の頭を地面に落とし、譲に呼びかけた。

「早く立て、譲！　逃げるぞ！」

「は、はいっ！」

こめかみへの一発が効いたのか、倒れた時の打ちどころが悪かったのか、日出男は唸《うな》っているだけで起き上がらない。今のうちにと、譲は慌てて他来のあとを追い、左脚を引きずって走った。

「大丈夫か？　歩きにくければ、また負ぶさるといい」

「いえ、平気です。それより他来さんこそ大丈夫ですか？」

「手が痛い。骨は折れていないだろうが」

「そりゃ、あんなブルドーザーみたいな顔の人を殴ったら……でもびっくりしました。一撃で殴り倒すなんて、意外と他来さんって喧嘩《けんか》慣れしてるんですね」

「慣れてなどいるものか。人を殴ったのは生まれて初めてだ」

「え？　でも、一発で気絶させて……」

「親木から受け継いだ知識があるから、どこを狙えばいいかは知っているんだ。ただ、実際にやったことはない。殴りたいと思ったことは何度もあったが……実行はできなかったな」

「どうしてですか？　あんなひどいことを言われてたのに」

「先代の枝子だった大叔父が、俗世のことに気を散らさない禅僧のような雰囲気の人で……俺は、それを見習わなくてはいけない、枝子という立場の者は、何を言われても、超然としているのが当たり前だと、思っていたんだ。それに俺は、出来損ないだったからな。多少そしられたり笑われたりしても、我慢しなければならないような気がしていたし……だが、あいつの言動には本当に、腹に据えかねることが多かった」

物陰を伝って裏口へ急ぎつつ、他来は呟いた。

「こんなに爽快《そうかい》な気分になると知っていたら、もっと早く殴るんだった」

心底から残念そうな口調がおかしくて、譲は吹き出した。正直に感情を表した姿が新鮮だった。自分よりずっと年上なのだが、

（なんだか、可愛い……）

そんなふうに思った。

裏口から屋敷の外へ出た時、こちらへ向かってくるヘッドライトの明かりが目に入った。運転席の窓から顔を突き出して、孝二が叫んでいる。

「譲か!?　それに……他来!?」

「孝二さん！」

「なんなんだよ、火事になってるし……大丈夫なのか!?　とにかく、二人とも早く乗れ！」

他来と譲を後部座席に乗せ、孝二はアクセルを踏み込んだ。

譲はリアウィンドウを振り返った。真葛生家のシルエットがみるみる遠ざかっていく。屋敷の上方の空が赤く照り映えてはいるが、その色が広がっていく様子はない。祠を焼いただけで、母屋には燃え移らなかったのかもしれない。

農道から公道へ出た時、消防車のサイレンが聞こえてきた。対向車線を近づいてきて、たちまちのうちにすれ違う。五、六台いた。

それまで誰も何も言わなかったのが、ドップラー効果でサイレンの音が低くなったのと同時に、三人それぞれ溜息をついた。皆、緊張していたのかもしれなかった。

最初に口を開いたのは、運転席の孝二だった。

「遅くなって、悪い。すぐ追っかけるつもりだったけど、気がついたらガス欠寸前で……一番近いスタンドで給油して、全速で走ってきたんだ」

視線をフロントガラスに置いたまま孝二は言った。ルームミラーを見上げれば、譲と目を合わせることができたはずだが、そうはしなかった。他来と寄り添っている譲を見たくなかったのかもしれない。

譲は深く長い息を吐いた。

「孝二さんが、戻ってきてくれたおかげで……助かりました」

「戻るのが当たり前なんだ。オレはお前に、言わなきゃなんないことがある。さっきは言い損ねたけど、オレ……オレは、お前にひどいことをした」

フロントガラスに視線を据えたまま、孝二は苦しげに呟いた。

「自分でも、どうしたのかわかんねェ。お前のことを、弟みたいに可愛くは思ってたけど……あんな……無理矢理、あんなふうにするつもりなんて、なかったんだ」

「待て、さっき説明したはずだ。あれは……」

「言うな！」

樹液の作用だと説明するつもりだったのだろう、他来が口を開きかけたが、孝二はすばやくそれを遮った。

「頼む……あんたは何も言わないでくれ。オレは、譲と話したい。ていうか、謝りたい」

ルームミラーに映る孝二の顔は、眉間に皺を寄せ、目を何度も何度も瞬いて、泣きたいほどのつらさを懸命にこらえているように見えた。

「一人になったあとで、考えてた。ずっと。……もしかしたら、オレ、自分では意識していなくても、お前のことを、後輩以上に思ってたのかもな。でも信じてくれ、譲。オレは、お前を傷つけるつもりはなかった。今さら説得力ねェけど。あんなふうに、無理矢理、その……とにかく、お前を傷つけようなんて思ったことは、一度だってなかったんだ。悪かった」

「孝二さん」

譲は体を前に傾け、運転席と助手席の間から孝二に向かって話しかけた。

「もう、いいんです」

正直言って、孝二に犯された時、『感じてるくせに』という言葉が心に突き刺さったのは事実だ。

けれどあの時の孝二は、樹液に狂わされていた。単に性欲を亢進《こうしん》させられただけでなく、精神面までおかしくなっていた可能性は充分ある。今の、後悔と苦悩にさいなまれている孝二の様子を見ては、なじる気持ちにはなれなかった。

「あの時、甘ったるいにおいがするって言ったでしょう？　あれは僕の体に巻きついていた蔓が分泌していた樹液なんです。あれには人を狂わせる作用があって、そのせいで」

「知ってる。だけど、俺は……!!」

「もういいんです。もう……孝二さんのせいじゃありません」

譲の言葉で、孝二の横顔ににじんでいた苦渋の色が、少しだけ薄らいだように見えた。

「ありがとう、譲」

車は夜道を疾走し続ける。はるか彼方にちらついていた街の灯が近づいてきて、数を増していく。真葛生家のある方角から、追ってくる車はなかった。


そして三十分ほど後、譲と他来はラブホテルにいた。他に行き場がなかったせいだ。火事場から逃げ出してきたために二人とも煤だらけになっている。しかも、シャツとジーンズの譲はまだいいとして、他来は白い着物に袴だ。目立つことこのうえない。風呂に入り、煤で汚れた服を洗わなければならないが、普通のホテルにはとても泊まれなかった。

譲のマンションは真葛生家の人間に知られているし、他来と一緒に孝二の家に泊めてもらうのは、心情的に無理だ。

車の中で、行き先に困って頭を抱えている譲を見かねたらしく、孝二が『ラブホテルなら、フロントでホテルの従業員と顔を合わせずにすむから……モニターで見られてるだろうけど、直接会うのと違って、服の汚れまで気にされることはないだろ』と教えてくれた。そう言ったあと、複雑な表情で他来を見やったのは、自分が勧めた場所の皮肉さを思ってかもしれない。

が、何かを払い落とすように頭を強く振り、孝二は譲に話しかけてきた。

『お前のハムスターはオフクロが喜んで遊んでるから、心配するなよ。落ち着いた頃に、連絡をくれればいい。夏休みが終わったら、大学で会おうな。……サークル、辞めたりしないだろ？　会ってくれるよな？』

『そ……それは、もちろんです』

『サンキュ』

そのあとで孝二は、本当に悪かったと、とても小さな声で呟いたようだった。

車から譲と他来を降ろす時には、当座の金は少しでも多い方がいいだろうからと、自分の財布を、譲に押しつけてきた。

『気になるなら、あとで返してくれればいい。泊まる場所とか食い物とか、何かと物入りだろ。第一、遠慮するほど入ってねーんだよ』

去り際に、孝二は他来に向かって言った。

『オレにはこんなことを言う資格なんてないけど、でも……譲を傷つけないでくれ。人見知りで気の弱いこいつが、安全に逃げ出すチャンスを捨てて、あんたのところへ駆け戻っていったんだ。そのことを忘れないでくれ。もし忘れて、譲を哀しませたら、オレがただじゃおかない』

他来は『わかっている』とはっきり答え、孝二に頷いてみせた。

孝二は譲と他来を等分に見て、笑い返した。寂しそうだったけれど、それでも、譲たちを安心させるために笑ってみせようとしているのは、よくわかった。

何か自分が力になれることがあれば、いつでも連絡をくれ——そう言い残して、孝二は去っていった。

(僕は孝二さんとは、先輩後輩以上の関係にはなれないけど……)

どうか幸せになってほしいと思う。

「……何か言ったか?」

横から他来の声がした。ホテルの廊下を歩く譲が、足を引きずっているのを見かねて、肩を貸してくれていたのだ。心の中で思っただけのつもりが、呟きになっていたらしい。しかし、他来の前で孝二の話をするのは気が引けた。

「いえ……とりあえず今日はここに泊まるとして、このあとはどうしようかって思って」

実際、その件も気がかりだ。

妖樹が燃えたとはいえ、真葛生家全体が消失したわけではないと思う。そんなことになったら、かえって恐ろしい。だが自分のマンションは知られているし、他来まで一緒に泊めてもらえるような友達はいない。ホテルに泊まり続けたら、すぐ所持金が尽きてしまう。

しかし他来は譲を元気づけるように、きっぱりした口調で言った。

「そのことなら心配しなくていい。あとで携帯電話を貸してくれ。俺が父に交渉する」

「交渉って……」

「あった。二〇三号室、この部屋だ」

ドアナンバーを見て他来が言う。

部屋に入り明かりを点《つ》けて、まず目についたのはダブルベッドだ。一番安い部屋を選んだので、テーブルも椅子《いす》もなく、ベッド以外にはテレビと小型の自動販売機しかない。

譲をベッドに座らせ、肩に回させていた手を外しながら、他来は話の続きを口にした。

「こう言ってはなんだが、俺以上に、あの家の悪事を知っている人間はいない。木が燃えたことで真葛生家は大きなダメージを受けた。将来に対する備えができなくなった。……だが、現在持っている資産をなくしたわけじゃない。ここで過去の悪事がばれて、現在の資産や、旧家の名誉をなくすのは絶対に避けたいはずだ。だから俺の沈黙と引き替えに、今後一切君に関わるなと言えば、渋々でも、こっちの要求をのまざるを得ないだろう」

「大丈夫ですか？　もし他来さんのお父さんたちが自棄《やけ》を起こしたら……」

「俺に腹を立てはするだろうが、旧家の名や財産と、一時的な怒りを引き替えにはできないはずだ。父はその程度の判断力は持っている。むしろ今頃は、俺が自棄を起こして、過去の真葛生家の悪事をぶちまけるんじゃないかと心配しているんじゃないかな。親木を焼いた枝子など、前代未聞だ。何をしでかすかわからないと思っているだろう」

小さく笑った他来を見上げて、譲は笑い返した。

「他来さん、少し変わりましたね」

「え？」

「笑うようになりました」

声をたてて笑うなどの仕草はまだ起こさないけれども、屋敷にいた時に比べ、他来の表情は生き生きしてきたような気がする。それが譲には嬉しかった。

「あ？　ああ……そう、かな」

譲の言葉を聞いてとまどい顔になったものの、他来はまた微笑んだ。

「不思議だな。以前は外へ出ると、気持ちがこわばって緊張した。なのに今は逆に、屋敷を出たことで楽になった気がするんだ。帰る場所も枝子の立場も、何もかもなくなって、かえって踏ん切りがついたのかもしれない。開き直ったというか、今までの反動で……」

何か言いかけたものの、ふと口を閉ざし、他来は譲の前から一歩後ずさって、視線を逸らした。壁に取りつけた大きな鏡に、目を向けたようだ。

「煤だらけだ。風呂を使った方がいい。……立てるか？」

何を口に出しかけてやめたのか気になったが、鏡に映った自分たちの姿を見れば、確かに他来の言うとおりだった。普通のホテルなら絶対に泊めてもらえなかっただろう。顔だけはざっと拭ったものの、服も手足も黒く汚れ、転んだせいでジーンズまで泥まみれになっている。他来も同じような格好だ。白い着物と袴なので、余計に汚れが目立つ。

足を挫いている譲は、壁にすがるか、人につかまるかしないと歩けない。他来が抱えるようにしてバスルームへ連れていってくれた。半埋め込み式の浴槽は、縁の部分がたっぷりと幅広になっている。

肩に回させていた手を外させ、他来は譲を浴槽の縁に腰掛けさせ、「じゃあ」と一言残して出ていこうとした。

「ち、ちょっと待ってください。じゃあって、どこへ行くんですか、他来さん?」

「え? ああ、先に使ってくれればいい。俺はあとで」

背を向けようとした他来の姿に、記憶の中のイメージが重なった。

「いやです!」

譲は飛びつくような勢いで立ち上がり、他来の袖をつかんだ。体重をかけたせいで左足が痛んだが、それ以上に、他来がどこかへ去ってしまうことへの恐怖が大きかった。

よろけた譲を、振り返った他来が肩口をつかんで支えてくれた。そのことに礼を言う余裕は、譲にはなかった。心に湧き上がる不安をぶつけた。

「他来さんは、僕を置いて、どこかへ行ってしまうつもりじゃないんですか!?」

「馬鹿な。何を言って……」

「あの時みたいに……薬で僕を眠らせた時みたいにっ……!! 僕はいやです! あんな、何も知らないうちに見捨てられたみたいな別れ方……絶対にいやだ!」

叫んだ譲を見下ろす他来の瞳が、悔やむような影をにじませて揺れた。

「すまない。あの時のことは、悪かった。だが、見捨てようなんて思ったわけじゃない。助けたかったんだ」

「そんなこと、わかってます。わかってるけど……」

譲は他来の首に両腕を回してすがりつき、煤で汚れた白衣の肩に、顔を伏せた。涙がこぼれてきそうだった。

自分は他来が好きだ。けれど他来はどうなのだろう。供物の身を憐れんだだけで、別に自分を愛してなどいないのではないだろうか。最初のキスは譲が押し倒したのに近い形だったし、二度目は単に眠らせるだけの目的だったのかもしれない。そういえば、まだ一度も他来の口から愛情の表白を聞いてはいない。

うわずった声が聞こえた。

「譲。手を、放してくれ。でないと……我慢できなくなる」

何を我慢するというのだろう。自分を突き放すことをか。怪我人だから気遣って支えているけれど、本当は早く一人になりたいとでも言うのだろうか。

(僕は、他来さんにとっては何なんですか……?)

泣きたい思いで、譲が尋ねようとした時だ。他来が言葉を続けた。

「頼む……離れてくれ。でないと、俺はきっと君に無茶をする。押し倒したいのを、さっきから必死で我慢しているんだ」

予想外の台詞に唖然《あぜん》として、譲は伏せていた顔を上げ、他来を見つめた。居心地の悪そうな表情になり、他来が目を逸らした。口ごもりながら呟く。

「さっき言っただろう。今の俺は開き直っているというか、親木が燃えて以来、枷《かせ》が外れたみたいで……抑制が利かないんだ。ハイテンション、というのか？　そういう気分になっているらしい」

こんな地味な状態をハイというなら、ローテンションの時はいったいどういう雰囲気なのだろう。あきれて黙っている譲から目を逸らしたまま、他来は言葉を続けた。

「君は今までずっと、ひどい目に遭っていたし、ことに今は足を怪我している。ゆっくり体を休めた方がいい。理屈ではわかっているんだ。なのに感情のたがが外れたようで、自分を抑えきれずに性急な真似を……親木と同じようなことを、君に、してしまいそうだ」

他来は、ここ数日輪姦され続け、さらに足を傷めた譲の体を気遣って、今夜は何もしないつもりでいたらしい。——心優しい気遣いだけれど、方向がずれている。自分は今、体をいたわるよりも、心を満たしてほしいのだから。

足首の痛みをこらえ、譲は精一杯背伸びをして、他来に口づけた。

「……ゆ、譲！　やめないか！」

慌てたように首を振って顔を離し、他来は譲の両肩をつかんで、自分から引き剝がした。

その他来の瞳を真正面から見つめて、譲は告げた。

「僕は、他来さんが好きです」

電流を通されたかのように、他来が顔を苦しげに歪め、身を震わせた。譲を休ませなければという理性と、譲がほしいという感情の間で、最後の葛藤《かっとう》があったらしい。

しかし次の瞬間、他来はさっきまで懸命に引き剝がそうとしていた譲の体を、強い力で抱き寄せた。

骨がきしみそうなほど抱きしめられる。唇が重なり、舌がからむ。

貪るような口づけのあと、他来は今までとはまったく違った荒々しさで譲をタイル張りの床へ押し倒し、ボタンがちぎれ飛びそうな勢いでコットンシャツを脱がせにかかった。シャツの前をはだけさせたあとは、譲のジーンズに手をかけて、囁いてくる。

「足が痛むとか、体が疲れていて無理だと思ったら、言ってくれ。やめる。やめると、思う……多分。俺が君の言葉に耳を貸さなかったら、殴るなり蹴るなりしてくれればいいから」

荒い息づかいとうわずった声で、それでも律儀にそういうことを言う。

返事の代わりに、譲はジーンズを脱がせやすいよう腰を浮かせた。足首の捻挫《ねんざ》などどうでもよかった。

煤と泥に汚れた衣服を脱ぎ捨て、体を重ねた。他来が自分の両脚をつかんで開かせ、間に体を割り込ませてくる。前戯も何もないが、それでいいと譲は思った。早く他来と一つになりたかった。

けれども、

「……あぁっ！　い、痛いっ……待って、待ってください！」

後孔に触れた灼熱《しゃくねつ》が、そのまま押し入ってこようとする。粘膜が引きつり、こらえきれずに悲鳴がこぼれた。

考えてみれば、今まで誰かに貫かれる際には、いつも自分の体は樹液にまみれていた。

他来がハッとしたように動きを止め、体を離した。

「大丈夫か？　やっぱり……」

切れ長の瞳に後悔の色がよぎるのを見て取り、譲は急いで上体を起こした。床に膝《ひざ》をついている他来の前に這い、他来自身に手を添え、口に含む。

「譲!?」

驚いた声が降ってきたが、構わず譲は口での奉仕を始めた。他来を拒否しているのではなく、潤滑液が必要なだけなのだと、示さなければならなかった。

根元や袋を丁寧に、揉むように、撫でるように指で愛撫しつつ、先端から根元へ向かって唾液を塗りつけていく。そのまま深くくわえたのでは喉を突かれてむせそうだったので、横から舌を這わせた。

もともとは強制されて仕方なしに覚えた行為だった。今まではいつも、いやでいやでたまらず、吐き気をこらえて奉仕していた。

けれど他来が相手だと思うと、なんのためらいも感じなかった。迷う時間を与えたくなかった。でないとまた、方向のずれた気遣いをしたあげく、自分から離れていってしまうかもしれない。それはいやだ。

舌をからませて丹念に舐め上げ、指の腹で優しく撫で回し、掌全体と指を使ってしごき続けた。自分の行為に応《こた》えて、なお一層逞《たくま》しさを増していく昂ぶりが、愛おしかった。

「ゆず、る……もう、いい」

喘ぐような息づかいと制止が聞こえた。

他来の手が自分の頭をつかまえ、下腹部から引き剝がそうとする。けれど、譲の口中で猛り立つ灼熱の雄々しさに反して、手にこもる力は弱い。

譲はそのまま先端を舐め回し、口に含んで吸い上げた。

「……う、ぅっ！」

低い呻き声と同時に、他来が体を震わせた。

譲の口中を、熱い液体が満たした。決して舌に快い味ではない。それでも他来のものだ。吐き出したくはなかった。

肉棒をくわえたままでは飲み込めない。譲はそっと唇を離し、口内に残った液を、喉を鳴らして飲み下した。苦さに体が震える。大きく息を吐いて視線を上げた。

額に汗の粒を浮かべ、荒い息をこぼす他来が見えた。

「すまない……そこまでさせるつもりじゃなかった」

「僕こそ、すみません。潤滑液をつけるだけのはずだったけど、なんだか、離したくなくなって……んっ」

喋った拍子に、わずかに口に残っていた精液がこぼれ落ちた。慌てて譲は手の甲で口の端を拭った。手についた白い液を舌先ですくい取る。

「……不味《まず》いんじゃ、ないか？」

当惑した声で言い、他来が壁の上方にかかっているシャワーヘッドを見上げたのは、舐めなくても洗い落とせばいいのにという含みだろう。

「それはまあ、おいしいとかいう味のものじゃないですけど……でも、他来さんのだし」

そう思ったから舐め取ったのだけれど、口に出してみるといかにも陳腐な台詞で、気恥ずかしくなった。

しかしそれが、他来の心に粘りついていた最後のためらいを、払い落としたらしい。

「……あ！」

譲は再び床に転がされた。他来がのしかかってくる。

後孔にあてがわれた肉棒が、硬さを取り戻しているのがわかった。そして、さっきと違って譲自身の唾液と、他来が放った液の残滓に濡れている。

先端が粘膜を押し広げる。

「う、ぁ……あああっ！」

高い声が、譲の口からこぼれた。

指でほぐすなどの下準備をしていなかったためだろう。きついと感じてしまう。それでもさっきの、まったく潤滑液がなかった状態のような痛みはない。驚いたように目を見開いて挿入を止めた他来に向かい、譲は小さく首を振った。

「大丈夫ですから。少し、きつかっただけです。そんなに、一回一回心配しなくても」

「すまない……慣れて、ないんだ」

頬を赤らめ、言いにくそうに口ごもりながら、他来は呟いた。

「いい年をしてと、笑われそうだが……俺は、誰かとこういうふうに触れ合うのは、初めてなんだ。親木の知識や記憶を受け継いでいるから、どうすればいいのかはわかっている。頭だけじゃなく、体にも刻み込まれているんだ。人を殴った時と一緒だ。わかるんだ。……だが感覚は別だし、万一、傷つけたらと思うと心配で……」

考えてみれば当然かもしれない。

高校卒業後は屋敷に引きこもっていたそうだし、自分は枝子で人間ではないと思いつめていた他来は、人と深く関わることを避けていたはずだ。

手を伸ばして他来の頬に触れ、ほつれた髪を梳《す》いて、譲は言った。

「大丈夫です。どうしても無理だと思ったら、ちゃんと言います。だから心配しないで。他来さんの思うように……好きなようにして、いいんです」

微笑みかけてから、譲は目を閉じた。何もかも他来に任せるという意思表示だった。

閉じたまぶたに、頬に、唇にも顎にも、口づけの雨が降った。優しい仕草だった。

そのあと、他来が体を起こすのがわかった。腰をつかまれ、引き寄せられる。

ようやく、と思うとつい体に力が入ってしまう。懸命に緊張を抑え、できるだけゆっくりと息を吐いて、体の力を抜き、譲は待った。

「んっ……く、あううっ！」

ねじ込まれた。今度はもう、譲が声をあげても、他来が侵入を止めることはない。キスとは裏腹な荒々しさで、ほぐれていない肉孔を押し広げ、深々と突き入れてくる。

「ひぁっ、あ……く、ぅ……」

譲の口から、喘ぎとも悲鳴ともつかない声がこぼれる。

何度も、そして何人もの男たちに、人間ではない妖樹にまで蹂躙された場所だった。意志とは無関係に体が反応し快感を感じることはあっても、無理矢理に貫かれるたび、譲の心は打ちのめされた。

今は違う。

強引な侵入で粘膜が引きつり括約筋《かつやくきん》が疼いているのに、他来と一つになっていると思うと、痛みを押しのけて幸福感が心を満たす。

いったん根元まで入れたあと、他来が腰を揺すり上げ始めた。

(え……な、何……？　ああっ！　こ、こんな……!!)

とまどいが譲を捕らえた。すぐにそれは、信じられないほどの快感に変わって、内側から譲を責め始める。

「ぁ……ふ、ぅっ……ん、んっ！　く、あぁっ！」

声を止められなかった。

さっき他来は、初めてだと言っていた。そのせいで無意識に、体に与えられる快感は大したことはないだろうと、たかをくくっていたのかもしれない。けれども内奥を突き上げる動きは、予想もしなかったほど巧みだった。緩急をつけ、浅く、深く、穿《うが》つように責めてくる。

そういえば他来は、『どうすればいいのかはわかっている』と言っていた。日出男を殴り飛ばした時も、喧嘩が初めてだとは思えないほど的確に、足を引っかけ、急所に拳《こぶし》を打ち込んでいた。

最初の愛撫がぎこちなかったのは、単に譲を気遣い、ためらっていただけのことだったようだ。

「は……ぁあ、うっ！　他来、さ……あああっ、他来さぁんっ……!!」

夢中で名を呼びながら、譲は腕を差し伸べ、すがりついた。つながっているだけでは足りなかった。もっと他来に近づき、隙間なく体を重ね合わせたかった。

「譲……ゆず、る」

荒い息の合間に、自分の名を呼んでくれる声が聞こえる。他来の手が譲の体をつかまえ、抱き起こした。

「……あああぁっ！」

中をえぐられ、譲は一際大きな悲鳴をこぼしてのけぞった。

正常位から対面坐位に変えられた。向かい合った他来の腿の上に、大きく脚を広げてまたがる格好だ。自分の体重がかかって、挿入が深く、強く、感じられる。

「つらいか？　痛むのなら……」

他来が気遣いをにじませた声で問いかけてきた。

まともな返事はできなかった。けれどそれは、苦しいせいではない。譲は懸命に首を左右に振った。

よすぎるのだ。

わずかに体を揺すられるだけでも、涙があふれ、唾液が口の端からこぼれる。

それだけでなく、まだその部分への直接的な愛撫は受けていないというのに、譲の性器はすでに硬く勃ち上がり、とめどなく蜜《みつ》を滴らせていた。その、自分自身を伝い落ちるしずくの感触が、さらに譲を昂ぶらせていく。

こんな状況で止めて、焦《じ》らさないでほしい——そう言いたいのに、まともに言葉が出ない。眼で懇願した。

通じたらしい。他来が自分の体を支えて、下から激しく突き上げ始めた。

「ぁ……ひぁっ……く、うぅっ！」

怒張に内奥をえぐられるたび、譲の体が反り返る。他来から離れまいとして、譲は首筋に両腕を巻きつけ、しがみついた。

それがよかったのかどうか。

「あぁっ！　ひっ！　た、他来さ……ひぁ、んっ、うぅっ！」

断続的に通電されたように、何度も何度も、体が震えた。

耳元や首に他来の吐息がかかる。

胸肌が触れて、乳首がはじかれ、こねられる。

体の間に挟まれた肉棒がこすられる。とめどなくこぼれる自分の先走りが潤滑液になるとはいえ、手で弄ばれたり、何本もの蔓にしごかれ、尿道を犯されるのに比べれば、単純な刺激のはずなのに、他の誰でもない、他来に抱かれているという精神的な充足感のせいだろうか。

今までのどんな責められ方より、感じる。

もちろん後孔への刺激も続いていた。深々と埋め込むように、あるいは、感じやすい浅い場所を穿つように、突き上げられる。

勝手に腰が動いてしまう。

「や、ぁ……こ、こんな……あ、ぅう！　んっ、あ……!!　くはぁっ、あ、あぁ！」

「……譲っ……もう……!!」

強く抱きしめられた。他来の鼓動がじかに伝わってくる。昂ぶりきっていた譲自身が、押しつぶされそうに圧迫される。

快感に抗う力が尽きて、譲は達した。

自分の皮膚が濡れるのとほぼ同時に、体内にも熱い液体がほとばしるのがわかった。

譲は喘いだ。

中に射精された感触までもが、どうしようもなく心地よい。他来の胸にもたれ、肩に顔を伏せて余韻を味わった。

「大丈夫か？」

荒い呼吸がおさまってきた頃合いを見計らったように、他来が尋ねてきた。答えられずに、譲はただ頷いた。

「結局、シャワーも何もまだ浴びていないな……一度、体を洗うか？」

苦笑したあと、他来が静かに譲の体を抱え上げて、抜いた。

液体が、とろりとこぼれ出るのを譲は感じた。他来が自分の中に残したものだ。そう思うと、完全に一つになったのだという気がした。目を開けて見れば、他来と自分の胸から腹にかけては、自分のこぼした精液が粘りつき、流れ落ちている。

本当に自分は他来と愛し合い、抱き合ったのだ。そしてこれからも、ずっと――陶然として譲は再び目を閉じ、他来にもたれた。

だがその時、どこからか満足げな含み笑いが聞こえた気がした。

妖樹の声に似ていた。

目を上げた。

「他来、さん……？」

片手で譲を支え、もう片方の手を伸ばして、他来はシャワーヘッドを壁のフックから外しているところだった。

「どうした？」

切れ長の瞳からは、かつての暗さが薄れていた。代わりに譲を気遣う色がにじんでいる。湯の温度を調整しながら、もう一度問いかけてきた。

「どうした、何か具合が悪いのか？」

優しい瞳だった。いたわりに満ちた声音だった。

不安が日を浴びた淡雪のように溶けていった。妖樹は確かに燃えた。他来が自分を助けるために、親木を裏切り、火を放ったのだ。枝子として育った他来にとって、どれほど苦しい決断だったことだろう。

もう一度耳を澄ましてみた。何も聞こえない。

きっと空耳だったのだ。長時間船に乗っていたあとは、陸に下りてもまだ体が揺れている気がするのと同じで、妖樹の供物にされた経験が心に焼きついているために、またあの声を聞いた気がしたのだろう。

譲は微笑して首を振り、他来に囁いた。

「他来さん。……好き、です」

「ああ……俺もだ。譲」

愛している——他来の言葉が、鼓膜を優しく打った。幸福感が譲を包み込んだ。

エピローグ

熱いシャワーを浴びる間も、二人は抱き合い、互いへの思いと愛撫のもたらす心地よさに浸っていた。

だからどちらも気づかなかった。

洗い流された二人の精液が、排水口付近で混じり合った瞬間、そこに、灰褐色の丸い種子が生じたことを。

それはかつて妖樹が譲の体に植えつけた物と、とてもよく似ていた。ただ、あの種子よりも一回り大きく、禍々しいほどの艶を帯びていた。

闇の中を下水道へと運ばれながら、種子は自らの中に残る、親木の記憶を反芻《はんすう》した。

どんな木にも寿命というものがある。真葛生家の祠に長年生き続けた妖樹にも、命の尽きる時が迫っていた。土中の養分は涸渇《こかつ》し、妖樹自体の力も弱っていた。若い木に世代を譲らねばならない。養分の乏しくなった真葛生家の地所を離れ、どこか別の土地で芽吹かねばならない。

そのためには、入念に下準備をしなければならなかった。

何より必要なのは、男の供物だ。

妖樹に犯されたあとの女が、続いて人間に犯され、受精すると、他来のように樹液に抵抗力を持ち、親木の託宣を聞き取ることのできる、『枝子』が生まれる。だから大抵の場合、妖樹が供物に選ぶのは女だった。

けれども種子を得たい時だけは、男を供物に選んだ。妖樹に犯された男の精液と樹液が混じり合うことで、種子ができる。ただし女を孕ませる場合に比べ、成功率は低い。

譲は上質の供物だった。だからこそ最初に犯した時、種子を作ることができた。しかし親木の力が弱っていたせいか、種子は不完全で、新たな土地で芽吹く力はないと思われた。予想どおり、供物の体に植えつけて直接養分を吸わせてさえ、数日で枯れてしまった。

老いた親木は、自分が供物を犯して種子を作ることを断念した。

幸いにして、種子を作る方法はもう一つあった。枝子の精液と、供物の精液を混ぜ合わせることだ。単に混ぜるだけでは足りない。そこに精神的なエネルギーが注がれるほど、種子は完全な形になり、芽吹くために必要な生命力を得る。そして愛情——人間が持つこの奇妙なエネルギーは、単純な性欲よりもはるかに強い。

妖樹が自らの老いを自覚し始めた時から、静かに計画は始まっていた。

他来は妖樹よりも人間に近く、強靱な生命力と、親木の意志に逆らうだけの自我を持っていた。しかしそれは逆に、種子を作るだけの生殖能力を持っていることと、親木の意志を感知する能力が乏しいことを意味する。まさか種子を作るために、自分がそういう枝子として準備されたとは、他来は思い及ばなかっただろう。

他来が女に対して嫌悪感や抵抗感を覚えるよう、他来の母の自殺を止めなかった。母は出来損ないの枝子を生んだことを厭うあまり死んだのだと、他来の意識に伝えた。母親に拒絶されたと思ったことで他来の心には、母に、ひいては、女に対する反発と失望が生じた。その後も折に触れて妖樹は、託宣を伝える際に特定の部分だけを強調して、他来の心へ送り込んだ。人間たちが言うサブリミナル効果だ。枝子の趣味嗜好を一定方向へ向けることなど、親木にとってはたやすかった。

その一方で、最適な供物を探し続け——譲を見つけた。

第一、第二の計画は、並行して進められた。妖樹自身が種子を作るという最初のプランは失敗したが、他来と譲を結びつけるという方法が残されていた。

狙いは当たった。

親木の隠れた目的を見抜けないまま、他来は譲の境遇を哀れに思い、自分と引き比べて共感した。共感は、容易に愛情へと変わる。孝二という邪魔者に機会を与えることで、他来と譲の心は一層固く結びついた。

そして、真葛生家の祠を離れた新しい土地で、他来は譲と愛し合った。

それはまさしく、妖樹の目論《もくろ》みどおりであったのだ。

親木のもとを離れた以上、他来からは徐々に枝子としての力が失われ、ただの人間と化していく。そのことを思えば、種子を作るチャンスは一回きりだった。

だが結果は予想以上だった。

他来と譲の精液からは、自分という新しい種子、それもどんな土地であっても根づくことのできる、充分な生命力を持った種子が生まれた。

もはやあの二人に用はない。好きなように生きて、人間としてのつまらない一生を終えればよい。

それよりは、自分の新たな住処だ。

都会の下水道を流されながら、種子は、この暗闇もなかなか心地よいと思った。未知なる土地への好奇心が、殻の中を満たしていた。

闇の中をどれほどの時間、流され続けただろうか。

種子は、下水道の端に溜まった汚泥に引っかかり、止まった。

静かにあたりの気配を探った。すぐそばに太い排水管があり、汚水が流れ落ちていた。水流のはるか上方から、猥雑で生命力にあふれた人間のエネルギーが伝わってくる。

種子は、ここに根を下ろすことに決めた。

おそらくこの上には、何十、いや、何百という数の人間がいるのだろう。排水管を這い上がっていけば、接触することができるはずだ。

そのあとは、親木が真葛生家の祠で安穏に過ごしたのと同様、この場所で人間の精気を吸い取りながら暮らしていけばいい。焦る必要はない。下僕となる人間は、きっとすぐ見つかる。何しろ人間というのは、目先の欲や快感につられてなんでも言うことを聞くようになる、愚かで愛らしい生き物だ。

種子は殻を割り、汚泥に根を張った。そして芽を吹いた。

求めるものは、新たな下僕と供物だ。

誰一人見ている者のない闇の中、ゆっくりと、ゆっくりと、妖樹の細い蔓が排水管を伝い登っていった。

あとがき

はじめまして。矢城米花と申します。このたびは、デビュー作『妖樹の供物』を手に取っていただき、ありがとうございます。

ことの起こりは二〇〇五年の晩秋、趣味でやっていたオリジナルBL小説サイトに届いた、一通のメールでした。

「わー、小説の感想かな?」

と嬉しく開いたところ、シャレード編集部からの『商業活動に興味はありませんか』というお誘いだったわけです。

趣味を仕事にする——サイトを作った時には、こんなことはまったく考えていませんでした。それだけに面食らったものの、自分の書いたものを商業誌という形で、より多くの人に見てもらえるというのはきわめて魅力的なお話でした。

ただ、私は『無理矢理』とか『凌辱』の要素を含む話にしか、萌えないのです。当然、そういう話しか書けません。

「そんな偏った内容でもいいんでしょうか？」

「いいですよ」

ということで、話は進み……できあがったのが、この『妖樹の供物』です。触手好きなので、うにょうにょ楽しく書かせていただきました。

受の譲は、ごく普通の大学生です。それなのに妖樹に見込まれた（供物として選ばれる基準は、木にしかわかりません）のが運の尽き。この木を崇める旧家の人間たちに拉致監禁され、妖樹に犯されたり、供物のお下がりとして男たちに輪姦されたり……かなりひどい目に遭います。

そんな中で、供物の世話係になったのが他来です。私の書く攻キャラとしてはきわめて珍しいことに、鬼畜度が低い人です。

他人と接するのが苦手で、屋敷に引きこもっています。基本的な能力は低くないのですが、世間慣れしていないうえ、少々天然も入っていまして、外出して他人（特に女性）

にまじまじ眺められる理由がわからず、自分が特殊な性質を持っているせいかと勘違いして落ち込んで、ますます殻にこもってしまったり。……あれ？　ひょっとしてこの人、ヘタレ攻の傾向あり？

こんな二人とその他諸々の話ですけれども、どうか楽しんでいただけますように。

イラストのみなみ恵夢先生、美しいイラストをありがとうございました。

そして担当S様はじめ編集部の皆様、大変お世話になりました。その他、印刷、流通、販売……とにかく刊行に際して御尽力いただいた方々に、厚くお礼を申し上げます。

あとがきを書いている現在、担当S様と、別の話に関する打ち合わせをぼちぼちと進めております。この本をお読みいただいた皆様と、再びシャレード文庫で、もしくは雑誌でお目にかかれたら、嬉しく思います。

これからもどうぞよろしくお願いいたします。

矢城米花

http://haruka.saiin.net/~ginger_ale/index.htm

*本作品は書き下ろしです

CHARADE BUNKO

妖樹《ようじゅ》の供物《くもつ》

［著　者］ 矢城米花《やしろよねか》

［発行所］ 株式会社 二見書房
東京都千代田区神田神保町1－5－10
電話 03（3219）2311［営業］
03（3219）2316［編集］
振替 00170－4－2639

［印　刷］ 株式会社堀内印刷所
［製　本］ ナショナル製本協同組合

落丁･乱丁本はお取り替えいたします。
定価は、カバーに表示してあります。

ISBN4－576－06095－3
http://charade.futami.co.jp/